噛ませ犬な中年冒険者は
今日も頑張って生きてます。1
丘野 優
illust.市丸きすけ

ゲオルグ
「さて、みんな、もうひと頑張りだぜ」
カティア
鬼将軍《オーガ・ジェネラル》戦

レインズ

「これなら、何とかなりそうだ」

噛ませ犬な中年冒険者は
今日も頑張って生きてます。1
丘野 優 illust. 市丸きすけ

The underdog middle-aged adventurer
lives his life to the fullest today as well.

1

CONTENTS

第一章　冒険者ゲオルグ

The underdog middle-aged adventurer lives his life to the fullest today as well.

「……もう二度とセシルに手を出すなっ！」

「ぐぼっ！」

直後、屈強な男が一人の線の細い少年に引き倒された。

周囲には、多くの見物人たちがいて、彼らを見ている。

しかし見物人たちは一切手を貸すことはなく、むしろ倒された男を笑っていた。

それも当然の話だ。

この世界には広大な大地と未開の土地が広がっており、そこには《人》や普通の動物とは異なる存在の仕方を持った強力な生命体、《魔物》が生きている。

けれどそれでも、この世界の《人》は、自らの力と肉体をもって、未開の土地を切り開き、《人》の居場所を作り上げてきた。

そして現在、そんな生業を営む者たちはこう呼ばれる。

——冒険者、と。

ここはそんな冒険者たちの集う場所。

ありとあらゆる難易度の依頼が、その冒険者の資質と実力に応じて手渡される。

交渉では片づかない問題を冒険者の腕っぷしを頼って依頼を持ってくる商人。

権力の利かない強大な魔物の素材を求めて、お付きの者と共に訪れる貴族。

病床の妹のために、なけなしの小遣いを握り締めて依頼をする少年。

様々な者が、様々な事情でもって、冒険者たちを頼る。

冒険者たちは時に金のため、時に名誉のため、そしてなによりも冒険者としての矜持《きょうじ》のために命がけで依頼をこなしていく。

冒険者がなによりも愛するもの。

それは自由だ。

自らの腕っぷしだけを信じ、権力に縛られることを好まない。

時として協力することはあっても、それは自らの意思に基づく選択でしかなく、好かない相手にはそれがたとえ国王であろうとも逆らう。

そして、そんな彼らの根本的気質は往々にして他人への無配慮へとつながるものだ。

彼らは誰にも媚《こ》びない。何物も恐れない。

だから——

新人には、時として厳しい。

◆◇◆◇◆

その日、B級冒険者であるゲオルグ・カイリーは、冒険者組合《ギルド》の依頼掲示板の前でぼんやりと自分の適性と実力に合った依頼を探していた。

鬼人《オーガ》と見まがうような顔立ちに、無精ひげ。

見るからに粗野な彼の屈強な体を、固そうな鎧《よろい》が包んでいた。

そんな彼に、ふと、後ろから声がかかる。

「おう、ゲオルグ。今日も依頼に出るのか。精が出るな」

振り返るとそこにいたのは、ゲオルグと同じくB級冒険者のレインズ・カットである。

ただ、その容姿はゲオルグとは著しく異なり、よく手入れされた髪に、甘い顔立ち。

これで年齢はゲオルグと同い年で四十手前だが、素直に見れば三十前後にしか見えない。

ゲオルグとほぼ同時期に冒険者組合《ギルド》に加入し、以来、ずっと抜きつ抜かれつしてやってきたので親友とも言っていい、気安い仲であった。

ゲオルグは彼に答える。

「あぁ……まぁ、いい依頼があったら、だけどな。ただ、最近、フリーデ街道の方で亜竜の目撃情報があるから、そっちは避けるつもりでいるが……」

フリーデ街道は現在、ゲオルグが拠点にしている街、アインズニールから東の東照帝国まで続く長大な街道である。

商人や旅人は言わずもがな、冒険者も各地の狩場に行くためによく利用する街道で、だからこそ、特にその途上で何が起こっているのかについて、様々な情報が集まりやすい。

ゲオルグの言葉にレインズは頷《うなず》き、思い出したように言う。

「フリーデ街道か……そういや、緑の洞窟にこの間、新人が潜ったらしいって聞いたな。あそこには確か亜竜もいたはずだ」

緑の洞窟とはフリーデ街道沿いにある、アインズニール近くの洞窟だ。

迷宮ではなく、本当にただの洞窟なのだが、亜竜が住みついていることはこの町の冒険者の間では有名な話だった。

そのため、それを知る冒険者は基本的には近づかないはずなのだが、色々な情報を統合するにこの亜竜がフリーデ街道まで出てきたということのようなのである。

加えてレインズの情報を鑑みて、その意味を、ゲオルグは少し考えてから理解し、ため息を吐いてぼやく。

「あぁ……なるほど。そういうことか。自分の力を過信して挑んでみたはいいが、結局倒せずに逃げてきて、そうなったってことか。これだから新人は……」

迷惑な話だが、よくいる類の馬鹿が亜竜に挑んだ結果の災害だというわけだ。

田舎から出てきたばかりの冒険者志望によくいるのだ。

冒険者登録をしようと冒険者組合《ギルド》までやってきて手続きをしたが、それを何らかの理由で断られてしまった。

しかし、それは自分が舐《な》められているからで、改めて何か大きな成果を持ってくれば違うはずだと見当違いの考えを抱き、強大な魔物に挑んで失敗する輩《やから》というのが。

推測に過ぎないが、今回もそういう口の可能性が高い。

「ま、そういうことだろうな。どうもその亜竜、少しは傷ついてるみたいだから、鱗《うろこ》の一枚や二枚は剝がせたのかもしれねぇ。とすると……それを持ってきて登録、とか言い出す奴《やつ》が犯人で決まりだ」

「迷惑な話だな……会ったら注意しとかねぇと」

そうしなければ、そういう奴は何度でもやるからだ。

レインズも頷いて、

「そうだな、俺も見かけたらそうするよ……おっと、俺はこの依頼にするか」

そう言って掲示板から依頼票を剝がす。

実のところ、それはゲオルグが先ほどから取るか取るまいか悩んでいた依頼だったのだが、こういうのは早い者勝ちである。

レインズもゲオルグが狙っていたのは分かっていたらしく、

「いや、悪いな」

と言ったので、ゲオルグは、

「早く決めなかった俺が悪いんだ、俺はこっちにするぜ」

そう言って別の依頼票を取った。

二択で悩んでいたのだ。

一つの選択肢が奪われたなら、自動的にもう一つの選択肢に決まる。

レインズも、そのつもりで取ったのだろう。

「お互い、今日も一日頑張ろうぜ」

「そうだな」

そして二人は受付まで行き、それぞれの依頼受注を伝えて、別れたのだった。

◆◇◆◇◆

ゲオルグ・カイリーは、この世界の広大な海洋に浮かぶ五つの大陸のうち、南西に位置する奉天《ほうてん》大陸に生まれた。

ゲオルグの生まれた村は、小さくて貧しく、生まれた時点で彼の行く先はほとんど決まっているに等しかった。

ゲオルグの村では、生まれた子供は数が多ければ間引かれるか、奴隷に売られる。

村で養える人口には限りがあり、それもまた厳しい土地で生きる人間には仕方のない選択だった。

しかし、ゲオルグは運よく、カイリー家の次男として、長男を助けるものとしてそれなりに重宝される立場に生まれることが出来た。

もちろん、長男ではないから、カイリー家の持つ資産を継ぐことは出来ないが、間引かれることもなく、また食料も健全に育つことが出来る程度には与えられた。

ただ、家族は決してゲオルグを甘やかしはせず、どんなことでも最初の選択は長男にさせ、ゲオルグは余りものを与えられるという関係にあった。

けれどそれでもその村ではただ生きていけるだけでも十分に感謝すべきだということを、ゲオルグは子供心に理解していた。

村の外れには、墓場があった。

その中でもひときわ小さく、端の方に築かれていたのが、間引かれた子供たちの墓場だった。

ゲオルグは時たまそこに行っては、自分が生きていることに感謝した。

奉天大陸は厳しい土地だ。

他の大陸では大国が国民全員の生活を保障することもあるらしいが、ゲオルグの村においてはそんなことはなく、人々の生活はすべて自己責任で行われていた。

世界には様々な国々があり、政体も色々あるが、自分のことは自分で責任を持たなければならないというのは、ゲオルグの村においては当然のこととされていた。

それは人生においても同じで、ゲオルグは次男であるから家の資産は与えられない。

兄が結婚するか、ゲオルグが独り立ちの可能な年齢になれば、最も良い扱いでも幾ばくかの生活資金を与えられ、あとは自分で勝手にやれと言わんばかりに家を追い出されることになることを、ゲオルグは知っていた。

そしてそうなったとき、村において、一定の年齢に達した人間が進むべき道は、街に出て働く以外にない。

街に行けば、とりあえず、ある程度の仕事を得ることは出来る。

もちろん、街に出た人間のすべてが仕事にありつけるわけではないし、むしろあぶれる人間も多く、スラムを形成して鼻つまみ者になってしまっているという現実もあった。

けれど、それでも他に採れる選択肢など、ゲオルグにはなかった。

いつでも、ゲオルグが選べる道は、少なかった。

兄がとある春先に村長の娘と婚約をしたことが、きっかけとなった。

そのときには、ゲオルグは十分に独り立ちが可能な年齢になっており、家族の視線も辛《つら》くなってきていた。

ある晩、兄は幾ばくかの金を袋に詰めてゲオルグに渡した。

それが合図だった。

次の朝、ゲオルグは家族の誰も目が覚めないうちに、家を出た。

ゲオルグがいないことに、他の家族が気づいても、大して寂しがりはすまい。

そのことが安心でもあり、また少しの寂しさもゲオルグの胸に運んできた。

街までの道は、険しかった。

そこに辿《たど》り着くためには山を越え、森を抜けて、河を渡る必要があったからだ。

言葉にしてしまえば簡単な道のりも、ただ歩くだけでなく、魔物に出会う危険性があることを考えれば難しいものだということが分かる。

当時、ゲオルグには戦う術はほとんどなかったから、ひたすらに魔物に出会わないことを願った。

ただ、それでも一応、武器は持っていた。

それは、一本の錆《さ》びた鉄剣だった。

あの例の墓場の特に目立たないところに、突き刺さっていたそれ。

それはおそらく、過去に村に来て力尽きた剣士の墓標だったのだろう。

それを、村を出るに当たって誰にも言わずにもらってきた。

長年放置されていることが明らかで、そうであるなら持ち主がいないのだから、別に構わないと思った。

剣も命ない者のために置かれているより、命あるゲオルグが振るう方が喜ぶだろうと言い訳して。

代わりに、ゲオルグは家にいたときに自分が使っていた青銅の鍬《くわ》を墓標代わりに突き立ててきた。

鍬は、ゲオルグの資産ではなくカイリー家のものだったので、家族が気づけば怒るかもしれない、とは考えた。

けれど、ゲオルグはもう家には戻ることはない。

だから、別にそれで良かったのだ。

山を越えて、しばらくした頃。

上流から流れてきた二つの細い川が合流するように、一本の太く大きな道にゲオルグの歩いてきた道と、もう一本、同じ細さの道が接続しているのが見えた。

大きな道は、街まで続く街道であり、ゲオルグの歩いてきた道ではない方の細い道は、遠く、〝天虎《てんこ》の山〟と呼ばれる、危険な魔物が大量に発生する地帯への道であった。

そのためか、ゲオルグが歩いてきた道には人――ゲオルグの村の人間や行商人――が踏みしめた跡が多く確認できたが、もう一本の細道にはいくつかの深い足跡があるだけで、あまり人通りがないらしいことが分かった。

少ない足跡が深いのは、重鎧《じゅうがい》を着ているなど、重い武具を纏《まと》う魔物退治を専門にする職業の人間が通っていったからだろう。

それにしても、〝天虎の山〟の危険性は、そういった職業の人間にとってもずば抜けていると行商人から聞いたことがある。

そんな場所にわざわざ行こうなどと考える人間の気がしれないと思いながら、ゲオルグは自分が辿るべき大街道へと歩を進めた。

街道に近づくに連れ、隣に延びる細い道もよく見えてくる。

すると、意外なことにそこに人が歩いていることに気づいた。

しかも、その人はこれから〝天虎の山〟方面に進もうとしているのではなく、帰ってきている様子なのである。

おそらくは、魔物退治を職業とする人間その人なのだと思ったが、そういった人間は大半が極めて粗野であり、また強大な力を持つがゆえに傲慢なことが多いと聞く。

魔術なども行使できるらしいと聞いたことがあったが、ゲオルグは村で魔術を使える人間を見たことがなかった。

それは特殊技能なのだ。

街では一般人でも使えることがあるらしいが、ゲオルグが住んでいるような村ではそのような技術や教養を持つ者はいなかった。

ゲオルグにとって、向こう側に見える道を歩く人間は、火を噴くような猛獣や雷を落とすような魔物と変わりがなかった。

だからゲオルグは出来る限り、その人間とは顔を合わせないように、下を向きながら街道に入った。

しかし、それがいけなかった。

ゲオルグは街道に入ると同時に、何かに鼻から顔面を強くぶつけた。

鼻先に微《かす》かに匂ったのは明らかに血のそれではない濃い鉄の香りであり、それは先ほど遠くから見えた魔物退治人にぶつかったことを推測させた。

まずい、と思った。

機嫌を損ねたら、殺されるかもしれないと。

しかし、意外なことに現実は優しく、また驚くべき出会いをそこに運んできてくれたのだ。

ゲオルグがぶつかったその相手は、ゲオルグを鎧の隙間から一瞥《いちべつ》した。

それから、僅かに見える瞳を開いて驚きを示し、そして一言、顔をぶつけた拍子に情けなくすっ転んだゲオルグに手を差し伸べて言った。

「……こんなところに、子供か？　おい、大丈夫か？　怪我《けが》はないか？」

その声は、ゲオルグが予想していたものとは異なる響きを持っていて、思いの外、優しく、そして高かった。

明らかに、それは女性の声であり、重鎧の中にいるのは女性であることがそのとき分かった。

差し伸べられた手を摑《つか》むか摑まないか悩み、その手をしばらく凝視して動けないでいると、その重鎧の差し出した手がさらにずい、と強く差し出される。

もはや、否やはないだろう。

ゲオルグは諦めて、その手をそっと摑んだ。

立ち上がり、体についた土ぼこりを払ってから、ゲオルグは改めてその重鎧を見つめた。

重そうな、それこそゲオルグなら、身に着けたら二度と立ち上がることも出来なそうな代物である。

それなのに、その中にいる女性と思《おぼ》しき人物は非常に安定した姿勢で立っているのだ。

体の動きから見ても、全く鎧の重さを感じさせず、相当な技量と膂力《りょりょく》のある人物であることを想像させる。

けれど、彼女は実際に女性なのだ。

加えて正面に立ってみると、女性にしては相当な長身である。

少なくとも、ゲオルグの住んでいた村には、これほど大きな女性はいなかった。

彼女は、ゲオルグに尋ねる。

「それで、君は？　どこの子だ？　迷子……ではないよな？」

その言葉にはっとして、ゲオルグは彼女に説明する。

自分の名前、出身の村、どうしてこんな道を歩いているか、これから自分は街で仕事を得るかスラムに行くかの二択を選ばなければならないのだということも……。

彼女はそれらをゆっくりと咀嚼《そしゃく》するように聞き、それから、

「なるほどな、ここ十年、この辺りの村は深刻な不作だと聞く。口減らしというわけだ……そのようなこともあるだろう。しかし、そういうことなら、私のところにでも来るか？　冒険者になるといい。体さえ丈夫なら食うには困らんぞ。もちろん、そのためには修行が必要だが、私が稽古をつけてやる。丁度これからしばらく休業しようと思っていたところだしな」

そう言って、手を差し伸べてきた。

ゲオルグは、突然のことに面食らったが、少し考えてからそれがどういう意味か、なんとなく理解した。

それは、話に聞く、魔物退治人に自分がなる、ということだ。

それが貧弱な体しか持たない自分に可能なこととは思えなかった。

けれど、女性は本気で言っているらしい。

鎧の隙間から覗《のぞ》く、目の輝きで分かった。

だからゲオルグは戸惑いつつも深く頷いた。

もちろん、どこまでやれるのかは分からない。

途中で死ぬこともあるのかもしれない。

ただ、それでも。

力がないことで、これ以上落ちぶれていくことは、ゲオルグには耐えられなかったのだ……。

◆◇◆◇◆

「どうした？　ぼーっとして」

声をかけられ、ゲオルグははっとする。

そこは馬車の中だった。

冒険者組合《ギルド》で受けた依頼である魔物を倒し、討伐証明部位を革袋に入れて街に向かって歩いていたところ、馬車に乗った知り合いに出会って乗せてもらったのだった。

馬車の主は兄弟二人で、彼らは行商人をしながらアインズニール周辺の村や町をまわっていて、今は弟の方が御者をしている。

荷台の中にいるのは、ゲオルグと、行商人の兄の方、ヤズーであった。

「……いや、ちょっと昔のことを思い出してな」

ゲオルグがそう応じると、ヤズーは興味深そうに身を乗り出して尋ねてくる。

「昔のこと？　なんだ、女か」

「女っちゃあ女だが……」

顎を擦《さす》りながらそう言ったゲオルグである。

ただ、ヤズーが言っているのは、恋愛関係にあった女のことで、師匠と弟子の関係にあるそれではないだろう。

ゲオルグにはヤズーの望むような話は出来そうもなかった。

しかしヤズーは勘違いしたまま質問を重ねる。

「へぇ、浮いた話一つ聞かねぇお前にしては珍しいじゃねぇか。B級冒険者なんだし、稼ぎもいいだろ？　嫁の一人や二人、娶《めと》ってもいいだろうにって言われて十年は経《た》ってるお前にしてはさ」

確かに、そうだ。

もちろん、たまに女が欲しくならないわけではないが、そういうときは商売女でどうにかしている。

それでなくとも、ゲオルグの腕を知って寄ってくる女というのは少なくない。

特に困ってはいなかった。

けれど、真剣に付き合う女となると別だ。

ずっと、人生を共にするような、そんな女は、一度も持ったことがない。

考えたことすらなかった。

「別に昔の恋人とか思い出してたわけじゃねぇよ。そうじゃなくて、俺を冒険者にしてくれた師匠のことさ」

その言葉に、ヤズーは意外そうな顔をして、

「まさかお前、女に鍛えられたのか？　それなのにそんな腕に？」

身分や出自をまるで問われない冒険者とは言え、女の立場は弱い。

なにせ、そもそもの腕力が違うからだ。

強化する方法はあるが、元々の身体能力が高い方が強くなるには効率がいいのは当然の話だ。

また、本質的に極端な腕力の要らない魔術師であっても、やはり体力の不足で最終的に足手まといになることは少なくないし、女冒険者はやはり少ない。

それに対してゲオルグは、屈強な、見るからに荒くれの冒険者、という雰囲気の男である。

そんな男が、遥《はる》か昔とはいえ、女冒険者に鍛えられたという話はヤズーには恐ろしく意外に聞こえるらしかった。

これがレインズであれば話が変わってくるが、まさかゲオルグが、という話である。

「あぁ……ま、昔の話だがな。言っておくが、とんでもない腕をしてる女だったぜ。俺は死ぬほど扱《しご》かれた。だからこそ今があるわけだが……」

実際、彼女の教えは厳しかった。

基本を教わった後、修行という名目で何度、魔物犇《ひし》めく森やら山やらに単身で投げ込まれたことか。

生き残れば強くなる、といつも言っていたのだが、死んだらどうするつもりだったのか。

命の覚悟を一番最初の段階でしていたとはいえ、文句が何もなかったわけがない。

しかし、腹の立つことに、現実に今、ゲオルグは生きている。

しかも、B級冒険者となって。

彼女は確かにいい教師だったのだと認めざるを得なかった。

「お前がそこまで言う女か……会ってみたいもんだな」

しみじみと言うヤズー。

それは掛け値なしの本音なのだろう。

しかしゲオルグはそんなヤズーに、

「もう死んだよ」

と、即座に、しかも特に感情のこもっていない声で言った。

ヤズーは、

「……そりゃ、悪かったな」

とバツが悪そうな声で肩をすくめて言い、どこか気まずい空気が流れて会話はそこで一旦終わった。

◆◇◆◇◆

「やれやれ、やっと着いたな」

アインズニールの街に着いたので、ゲオルグがそう言って馬車から降りると、御者台に座っている男——行商人兄弟の弟の方、グルーが手を振って、

「ゲオルグ！　兄さんが余計なこと言ったみたいで悪かったよ！　また今度、街の外で会ったら乗せてあげるから許してね」

と言って、馬に鞭《むち》を入れて馬車を走らせ始めた。

荷台での会話を聞いていたのだろう。

それにしても、その顔は兄とは似ても似つかない美少年だ。

兄の方は、ほとんど山賊のような顔立ちであるからなおさらである。

これから、彼ら兄弟は商人組合に向かうのだろう。

商品の仕入れと、村や町から仕入れてきた品の引き渡しというわけだ。

「気にしてねぇよ！　またな！」

ゲオルグが手を上げてそう言うと、荷台の後ろから申し訳なさそうにちらりと顔を出したヤズーが「悪かった！」と叫ぶ。

少し気に病んでいたらしい。

しかし行商人や冒険者などやっていれば、こんな程度の行き違いはよくある。

お互いに気の合う相手を失うのは惜しく、だからこそ、ゲオルグは彼にも苦笑しつつ手を振ったのだった。

そのまま、ゲオルグは冒険者組合《ギルド》の中に入っていく。

まだ日は落ちていない時間帯だ。

依頼を完遂していない冒険者も多いようで、中はわりあい、閑散としていた。

ゲオルグは早速、依頼達成の報告をしようと、空いている受付に向かう。

「依頼達成の報告をしたいんだが」

ゲオルグの言葉に、受付を担当している若い女性組合職員が頷く。

「承知いたしました。冒険者証をご提示ください……はい、ありがとうございます。二角狼《ビスコルヌウルフ》の討伐依頼でございますね。討伐証明部位の方はお持ちですか……？」

「あぁ。こいつだ」

収納袋から尖《とが》った細長い水晶のような棒を十本、それに真っ赤なルビーのような棒を二本出す。

それは、今回受けた、C級冒険者向けの依頼の二角狼《ビスコルヌウルフ》の角であり、それこそがこの魔物の討伐証明部位であった。

ただ、女性職員は赤いそれを見た瞬間に少し目を見開く。

「……特殊個体が出現したのですか？」

その赤く透き通った角は、二角狼《ビスコルヌウルフ》の中でも特に成長し、群れを率いるようになった個体に稀《まれ》に生えているものだ。

中々お目にかかれるものではない。

ゲオルグは頷く。

「あぁ。別に狙ってたわけじゃねぇんだが、見つけちまったからな。ここで倒しとかねぇと後々困る奴が出てくるんじゃねぇかと思って、やっといた。素材もまるまる確保してある」

赤い角を持つ二角狼《ビスコルヌウルフ》は通常のものよりも強い。

群れになれば、A級冒険者でも単独では難しいのではないかと言われるほどだ。

それを放置しておけば、C級依頼だと思って受けた他の冒険者には冥界への切符になってしまうだろう。

それを理解してゲオルグはわざわざ追いかけて倒してきたのだ。

そんなゲオルグの気遣いを理解し、職員は微笑《ほほえ》んで言う。

「なるほど……それは非常に助かります。素材はすべて冒険者組合《ギルド》で売却されますか？　今回の事情ですと、二割ほど色をつけて買取しますが」

「いや、赤い角は個人的に使いたいから、確認が済んだら渡してくれ。それ以外は売却する」

討伐証明部位は基本的には魔物の部位の中でも使い道がない部分が設定されているのが通常だが、二角狼《ビスコルヌウルフ》の場合は、最も有用な部分が設定されていた。

理由は簡単で、それが最も判別しやすい部分だからだ。

とはいえ、あくまで確認のためなので、それが終わった場合、所有権は冒険者側にあるため返却を望めば返却される。

望まない場合は値段が付く部位の場合は売却ということになる。

今回、ゲオルグは角を自分で使うつもりだったので返却を選んだのだ。

職員はゲオルグの言葉に残念そうな表情をするも、納得はしたようであった。

「……これだけの品ですと、確かに珍しいですからね。ご自分でお使いになりたいというのが普通でしょう」

「まぁ、そうだな」

それから、ゲオルグは解体で得た素材のうち、自分で使わないものすべてを冒険者組合《ギルド》に売却し、依頼料と売却益を得た。

全部で金貨二十枚ほどと、かなりの額になったので懐が温かい。

これなら当面の生活費と酒代には十分だな、と思って冒険者組合《ギルド》を出ようとしたところ、一人の女性とすれ違った。

おそらくは、十六から二十歳前後の女性だろう。

女にはまるで困っていないゲオルグである。

いつもであれば、ゲオルグは何も思わずにそのまま冒険者組合《ギルド》を出ていたことだろう。

けれど、そのときは違った。

その理由は、その女性の手に、今朝レインズと話した亜竜の鱗が握られていたからである。

女性はそのまま、まっすぐ受付に向かい、手に持った鱗を差し出して言った。

「この鱗を売却したいのだが」

「はい。素材の売却でございますね。冒険者証はお持ちですか？　はい、ありがとうございます……それで、こちらは……亜竜の鱗ですか。二枚だけでしょうか？」

職員がそう尋ねたのは、亜竜を討伐しているならばもっと多くの枚数があるのが普通だからだ。

それに、亜竜の鱗となれば、貴重な素材であり、冒険者組合《ギルド》としてもぜひ確保しておきたい品である。

在庫があるなら出してくれという催促も含めての台詞《せりふ》だった。

しかし、女性は首を横に振る。

「いや、残念だがこれだけなのだ」

「さようでございますか……では、引き取り額を査定いたしますが、亜竜の鱗は私には鑑定しかねますので担当者を呼んで参ります。少々お待ちを」

そう言って、職員は一旦席を外し、冒険者組合《ギルド》の奥に行った。

亜竜に限らず竜の鱗というのは魔物の素材の中でも鑑定が難しく、特殊な技能が必要な素材の一つだと言われる。

それでもどんな街の冒険者組合《ギルド》でもこの特殊技能を持った職員が一人はいる。

それを呼びに行ったのだろう。

その間、女性は手持無沙汰になった格好だが、一部始終を見ていたゲオルグはこれをちょうどいい機会だと捉えた。

というのも、レインズとの会話で出た、亜竜の寝床を荒らしたらしい冒険者。

彼女がそれに違いないだろう、と思ったからだ。

そしてそうであるならば、注意しておかなければならないだろう、とも。

旅人や行商人が亜竜のせいで多大なる迷惑を被っているのだ。

冒険者たるもの、そういうことも考えて活動しなければならない。

先輩として、言うべきことは言わなければならないだろう。

ゲオルグはそう思って、女性のもとに近づき、そしてその肩に触れた。

「ちょっといいか、お嬢ちゃん」

「……む。私に何か？」

振り返った女性は首を傾《かし》げて警戒の視線をゲオルグに向けた。

それは当然だろう。

ゲオルグとこの女性には面識がない。

いきなり話しかけられる理由が見えないのだろう。

とはいえ、冒険者組合《ギルド》の中では珍しいことではないのだが、女性が身に着けている武具を見るに、冒険者としてはまだ駆け出しなのだろうと思われた。

冒険者組合《ギルド》の中にいること自体、あまり慣れていないような様子であるので、余計に警戒してしまっているのだろう。

まぁ、それはいいか、とゲオルグは早速話を始めることにした。

「あぁ、ちょっと聞きたいことがあってな。その亜竜の鱗、どこで手に入れたんだ？」

至極穏便に尋ねたつもりだった。

ゲオルグの顔立ちの恐ろしさや、鬼人《オーガ》と見まがうような筋肉の付き方さえ度外視してみれば、普通の会話にしか感じられないような。

実際、女性も質問自体におかしなところは感じなかったようで、普通の様子で、口を開いたのだ。

「あぁ、これか？　これは……」

けれど、女性が答える前に、ゲオルグに声がかかる。

「おい、お前！　セシルに何をするつもりだ!?」

若い声だった。

少年のものだろう、と振り返る前から分かった。

そしてセシル、とはこの女性の名前なのだろうとも。

ゲオルグが振り返ると、予想通り、そこには少年が立っていて、なぜかゲオルグを強く睨《にら》みつけていた。

ゲオルグは少年の様子に首を傾げつつ、しかししっかりと答える。

「あぁ？　それがお前に何の関係があるんだ？　今は俺はこのお嬢ちゃんと話してるんだ。ガキはすっこんでろ」

言うほどガキではなさそうだった。

こちらも、女性と同じくらいの年代だろう。

そして、ゲオルグの言い方が悪いのは、いつものことだ。

そもそも、少年とは言え流石《さすが》にこれだけの喧嘩《けんか》腰《ごし》で話しかけられれば誰だって言葉に多少の険が入る。

ただそれだけの話だった。

しかし少年はそうは捉えなかったらしい。

「な……ま、まさかお前、セシルに何かするつもりか!?」

確かに、捉えようによってはそう聞こえるかもしれない。

しかし、ゲオルグには当然、そんな気はまるでない。

そもそも、冒険者組合《ギルド》にそんな奴がいたら誰かしら止める。

だからまるきりの見当違いだったのだが、あまりにもひどい勘違いにゲオルグも少しばかり腹が立って、ちょっとからかってやろうという気になってしまった。

「だとしたら？」

嘲笑するような視線である。

それを受けた少年は、

「……だとしたら、ただじゃおかない」

と、意外なほど力のこもった視線でゲオルグを見た。

ゲオルグ相手にまるで怯《おび》えを見せない。

普通なら、ゲオルグの顔と体を見ただけで、大半の駆け出し冒険者は揉《も》み手を始める。

なんとなく、面白い奴だと感じた。

だからか、ゲオルグはさらに続けた。

「ただじゃおかない？　お前に何が出来るんだ？」

大した筋肉もついていないひょろい少年だった。

とてもではないが、Ｂ級冒険者であるゲオルグに対抗できそうには見えなかった。

しかし少年は、

「なんだって、出来る」

迷いのない声でそう言ったのだ。

面白くなったゲオルグは、煽《あお》るように言葉を返す。

「たとえば？」

「たとえば……こうだっ!!」

そう叫びながら、少年はゲオルグに向かってくる。

決して速くない動きだった。

ゲオルグから見れば、まぁ、まだ冒険者になりたてだな、という程度の遅い動きだ。

威勢はいいが、実力はまだまだだなと。

だから、ゲオルグは簡単に避けられると思い、かつ実際に簡単に避けたつもりだった。

それでも、油断をしたつもりはなかった。

こんな街中ではほとんどありえないだろうが、仮に毒針などを持っていれば、かする程度でも危険だからだ。

だから、ゲオルグはしっかりと避けたつもりだったのだ。

けれど、少年の拳は不思議なことに、次の瞬間、ゲオルグの顔面に思い切り命中した。

「ぐふっ！　な、なにっ……」

その拳は、ゲオルグと比べて相当軽いはずの少年のものとは思えないほどに、重みがあって、ゲオルグは後ろに一歩下がった。

ありえないことが起こっていると驚いて目を見開くゲオルグ。

そんなゲオルグに少年はさらに向かってきて、

「……もう二度とセシルに手を出すなっ！」

そう叫びながら、ゲオルグの頬にもう一撃叩《たた》きこんできた。

これもまた、避けたつもりのゲオルグの頬に抉《えぐ》り込むように命中し、

「ぐぼっ！」

と情けない声が喉から出て、吹っ飛ばされた。

それから、少年は、

「セシル！　こんなところにいると危ない。さっさと出よう」

そう言って先んじて冒険者組合《ギルド》を出ていく。

女性の方は、きょろきょろと周りを見て、まずゲオルグに近づいて、

「も、申し訳ない。色々と勘違いがあったようだ……この謝罪は後日必ず。何か話もあった様子だったのに……」

どうやら女性の方はゲオルグに特に悪意があったわけではないことに気づいていたらしい。

ゲオルグと少年の会話の最中も何か言いたそうにしていた。

しかしゲオルグがあえて黙るように視線を向けていたから何も言わなかったわけだが。

全面的に自分が悪いな、と思ったゲオルグは、

「……いや、俺の言い方も悪かったからな。まぁ、話は後でいい……」

「恩に着る。そして、本当に申し訳なかった……」

女性はゲオルグに頭を下げた。

それから、受付に向かい、

「査定結果は後日聞きに来るので、そのときに教えてくれ。では」

と言って、冒険者組合《ギルド》を出ていった。

ゲオルグはその後ろ姿を見ながら、直後、ここにいる冒険者連中に何を言われるだろうかとひどく不安になった。

◆◇◆◇◆

当たり前と言えば当たり前の話だが、女性が出ていった後、ゲオルグはその一部始終を見ていた顔見知りの冒険者たちに死ぬほどからかわれた。

と言っても、ひどく侮られたとか、馬鹿にされたというわけではなく、茶化すような、笑いにするような、愛のこもったからかい方だった。

「おい、ゲオルグ。お前よっぽど手加減してやったんだろ？　あのガキの拳、俺から見ても相当なへなちょこだったぜ」

とか、

「とうとう嫁でももらおうかと別嬪《べっぴん》に声をかけたまでは良かったが、すげなく振られたな、ゲオルグ。しかし二人とも見ない顔だったが……」

とか、世間話レベルだ。

ゲオルグとしてはどちらも否定したいところで、少年の拳は本気で避けたつもりだったのだし、女性に声をかけたのは亜竜の鱗の入手先について尋ねたかったからだ。

まぁ、しかし、別に何がなんでも訂正しなければならないほどの話でもないのも事実だ。

あんな、冒険者になりたての子供にやられた、となれば普通の冒険者であれば傷になるため、火消しに躍起になったりすることも少なくない。

けれどゲオルグは今更そんなものが問題にならないくらいの武名を築いている。

その証拠に、今、冒険者組合《ギルド》でたむろしている冒険者たちは皆、ゲオルグが手を抜いた結果ああなったのだと信じている。

だから、別にいいと言えばいいのだった。

それからしばらくの間、ゲオルグは彼らのからかいを存分に受けて、ついでに「お前らもガキには気を付けろよ、俺みたいな目に遭うぞ」と冗談交じりに殴られるジェスチャー付きで言って笑いを取りつつ、冒険者組合《ギルド》を出た。

二割くらいは本気の混じった台詞だったが、それを読み取れたものはほぼいないだろう。

「にしても、あれは何だったんだろうな……」

ゲオルグは自宅までの道のりで、先ほど自分の身に起こったことを考えてみた。

少年の拳をくらってしまった、あの瞬間のことだ。

少なくとも、ゲオルグはしっかりと避けたつもりだった。

当たるつもりなどなかった。

油断もしていなかったと思う。

それなのに、気づいたら当たっていたのだ。

これは、極めて奇妙なことだった。

当たる瞬間のことを何度思い出しても、何が起こったのか分からない。

拳は確かに外れた、そう確信したのに、気づいたときには頬に少年の拳がめり込んでいたのだ。

屈辱、というよりかはあっけにとられた、に近い感情だった。

そんなことがあるはずはないのに、と。

「……俺も年を取ったってことかね？　いや……」

確かにかなり年はとっている。

これくらいの年で引退を決意する冒険者も少なくないくらいだ。

体の衰え、というのは考えられない話ではない。

けれど、ゲオルグは今のところ、自分の体にそういうものは一切感じていない。

むしろ、今が全盛期であると言ってもいいくらいに体の調子は良かった。

どこかの闘技大会なんかに出ても相当いいところまで行ける自信があるし、魔物を倒していても違和感を抱いたことはない。

まだまだ、年をとった、という感じではないなと冷静に思う。

だが、やはりそこで先ほどの出来事が引っかかってくるのだ。

しかし、

「……ま、考えても分からねぇことは置いておくか。あとでレインズにでも相談してみることにしよう」

ゲオルグはどうしようもないと匙《さじ》を投げ、切り上げることにする。

一人で考えても分からないなら、誰かと話してみればいい。

それまでは放置だ。

他の冒険者ならともかく、昔からの知り合いであるレインズ相手なら、自分の不覚を話すことも出来る。

レインズはゲオルグよりこういうことに関してはずっと頭脳派であるから、よい分析もしてくれるとも思った。

ちょうど自宅も見えてきたし、考えをやめるのにちょうどいいということもあった。

それから、ゲオルグは、自宅に戻り、自室に籠もることにした。

◆◇◆◇◆

ゲオルグは真剣な顔で自室の机に向かっていた。

もしかしたら、冒険者として、魔物に立ち向かっているときよりもずっと真剣かもしれない。

見るに、ゲオルグの手の片方には魔導バーナーが握られていて、魔力を細心の注意で送っていた。

もう片方の手は慣れた様子で様々な器具を持ち替えて、器用に地金である魔導金の形を変えていく。

脇には冒険者組合《ギルド》から返却してもらった二角狼《ビスコルヌウルフ》の角が絶妙な大きさに砕かれ、磨かれて置いてあり、たまにそれをピンセットで取り、地金に巻き込んだりしていく。

どう見ても、冒険者の手つきではなく、一端《いっぱし》の彫金師・錬金術師の技である。

実際、ゲオルグはその鬼のような容姿とは対照的に、ひどく手先が器用だった。

この才能を最初に発見したのはゲオルグの師匠である〝彼女〟であり、ゲオルグが食事番のときだけ妙に美味《おい》しく、飾り切りなども器用にこなしていることから気づいたのである。

〝彼女〟はそれが分かると、どこかから知り合いの彫金師や錬金術師を呼んでその技術をゲオルグに教え込ませ始めた。

当時、ゲオルグは、自分は冒険者になるのだからこんな技能は必要ないだろうと言ったのだが、〝彼女〟は、手に職を持つというのも悪くはあるまいと聞く耳を持たなかった。

さらに、それでも〝彼女〟は決してゲオルグの修行の手を抜かず、苛《いじ》め抜いてくれたのだからひどいものである。

修行の疲れを彫金で癒すという謎の生活サイクルが出来上がり、その感覚は今でもゲオルグから抜けていなかった。

また、ゲオルグが師匠の連れてきた彫金師と錬金術師から一端の職人としての技能を認められ、職人としてどこに出しても恥ずかしくないと言われた頃から、〝彼女〟はよくゲオルグに自分が身に着ける宝飾品の制作を命じるようになった。

材料は目玉が飛び出るくらい高価な品物であったりすることが少なくなく、どうやって手に入れたのかと聞けば、自分で採ってきたという。

あぁ、そういえば、この人は一流の冒険者だったな、とそういうときに思い出した。

当時、〝彼女〟は普段はめったに冒険者稼業をこなさなくなっていて、冒険者であるという事実がゲオルグの頭に容易には浮かばなくなっていたのだ。

ひどい修行を自分に課するサド趣味の凄腕《すごうで》武術家、という感覚で、同時に頭の上がらない姉のような存在にも感じていた。

そんな彼女に、宝飾品を作れと言われて断れるはずがなく、また怒られないよう、可能な限り良いものを作ろうと努力するので、ゲオルグの腕はどんどん上がっていった。

今でこそ思うが、あのときにたくさんの良い材料を扱わせてくれたことが、今のゲオルグの技術の中に生きている。

結果、ゲオルグは当時、駆け出しの職人に過ぎなかったが、今では超一流の細工職人になっている。

ただ、このことは冒険者仲間でもレインズくらいしか知らない。

なぜかと言うと、こんな顔で、さらに腕力にものを言わせて戦うような戦い方をするB級冒険者なのに、実は細工師ですなどと言ったらそれこそ笑われるに決まっているからである。

「……こんなところか」

とうとうゲオルグはいくつも作り上げた部品を丁寧に組み上げ、〝それ〟を完成させた。

〝それ〟は複雑な文様の刻まれた金地金と、涙のように垂れる赤い宝石が絶妙に組み合わされた美しい簪《かんざし》であった。

ゲオルグの持つ彫金師の技術と錬金術師の技術の両方が惜しげもなく注ぎこまれたその簪は、当たり前のように魔力を帯びていて、身に着ければかなりの効果を得られるものと思われた。

ゲオルグもそのつもりで作り上げたもので、目に片眼鏡《モノクル》をはめ込んで簪を見る。

簪から、その効力を示す淡い輝きが浮き上がって見えた。

「……まぁまぁの腕力強化に、毒と麻痺《まひ》の無効化……それと、全般的な魔術の強化か。それなりの出来だな」

ゲオルグはそれなりと言っているが、これはとんでもない話だった。

通常の錬金術師が出来るのは、せいぜい一つの効果の付与くらいである。

それを複数、しかもかなり強力な効果を付与するなど、一握りの職人のみが可能にしていることだ。

「じゃあ……売ってくるかね」

ゲオルグはそう独り言を呟《つぶや》きながら、机の端に重ねてあった、これまたゲオルグの手製の銀細工のケースを手にとり、そこにちょうど今作った簪に合うように赤い光沢を持つ天鵞絨《ビロード》生地を張り込んで、簪を収める。

そしてそのケースを、無造作に革袋に突っ込み、自宅を出た。

彼がこれから向かう場所は、彼の知人の店である。

ゲオルグがこの街に来てから、レインズと並ぶ、長い付き合いを築いている知人の店だ。

◆◇◆◇◆

まず、家を出たゲオルグが向かったのは、アインズニールの目抜き通りだった。

この国でも比較的大きい街であるアインズニール。

その目抜き通りであるから、日が暮れて街灯の光が点《とも》っている時間帯であるにもかかわらず、かなりの数の人が行きかっている。

身分も様々で、見ているだけで賑《にぎ》やかで楽しい気分になってくる場所でもある。

しかし、並んでいる店の性質によって、身分の偏りが出てくる場所もある。

ゲオルグがまっすぐに向かっているのは、その中でも代表的な、高級宝飾品店の並ぶ区画だった。

見るからにお貴族様にしか見えない者や、そうでなくても大店《おおだな》の主なのだろうと思しき者ばかりが道を歩いている。

このようなところを、こんな闇が支配する時間帯に、ゲオルグのような風体の男が暗い色のコートを羽織ってこそこそと歩いているのは怪しいにもほどがあり、これから強盗でもするの？　と突然治安騎士に尋ねられても文句が言えないくらいだ。

そのことはゲオルグ自身もよく分かっており、直接高級店区画には向かわずに、裏道を通って、目当ての店の裏口を叩いた。

「……どちらさまでございましょうか？」

上品で知性的な老人男性の声が扉の向こうから響いた。

少々の警戒のこもった声でもあったが、ゲオルグは慌てずに答える。

「……俺だ。ゲオルグだ。先ほど新作が出来上がったんでな。届けに来た」

唸《うな》るような、まるで獣のようであると感じてしまうような迫力のある低い声だ。

こんな夜中にこのような声を聞けば、高価な品を扱う店であればまさに強盗がやってきたと勘違いしそうなものである。

しかし、意外なことに、扉の向こうにいるだろう老人の声はとても弾んでいて、

「……新作を!? これはこれは、ようこそおいでくださいました。今、カギを開けます。どうぞ、少々お待ちを……」

そう言って本当にすぐに、カギを開けてしまった。

強盗であれば、カギが開くと同時に自ら扉を強く開き、店内に押し入るところだろうが、ゲオルグはカギが開く音がしても黙って立っていた。

それから、老人が扉を開き、中に入るように示したので、頭を下げてひっそりと店内に入っていった。

◆◇◆◇◆

中に入り、しばらく廊下を歩くと、ゲオルグは執務室に案内された。

そこはこの店の主である老人ジョイアの執務室であった。

中にはジョイアのための執務机と、革張りのソファセット、それに水晶づくりのテーブルがある。

ゲオルグは慣れた様子でソファセットに腰かけ、ジョイアもまだ同様の様子でゲオルグの対面に座った。

それと同時に、計算されたようなタイミングで執務室の扉が開き、店員と思しき女性が紅茶セットを持って入ってくる。

彼女はよく教育された、流れるような仕草でジョイアとゲオルグの前にカップを置き、紅茶を入れると、深く頭を下げて静かに部屋を出ていった。

「……さて」

まず、ジョイアが口を開く。

「本日、当店にいらっしゃいましたのは先ほどおっしゃった通り……新作をお作りになったから、ということでよろしいでしょうか？」

ジョイアの質問に、ゲオルグは頷いて答える。

「あぁ。今日、いい材料が手に入ってな。創作意欲が刺激されたんでちょっと作ってみた。出来る限り、いい値で引き取ってもらいたいんだが、まぁ、ダメなら捨て値でも構わん」

そう言って、ゲオルグは革袋から銀細工のケースを取り出す。

それを見てジョイアは、

「……いつ見ても美しいケースですが、扱いがあまりに無造作に過ぎると愚考するのですが……」

と眉を顰《ひそ》めるが、ゲオルグは、

「この革袋はこれで結構な品なんだぞ。中に入っているものに関しては完全に振動をカットするし、空気にも触れさせない」

「いえ、それは以前にもお聞きしましたから、分かってはいるのですが……」

単純に、どこにでもあるような革袋から高級な〝商品〟が出てくるのが心臓に悪い、ということらしい。

まぁ、その気持ちはゲオルグにも分からないではなかった。

とはいえ、これ以上に丁寧な扱いもないのだから、そこは諦めてもらうしかない。

ゲオルグは銀細工のケースをテーブルの上に置き、そしてゆっくりと静かに開いた。

すると、冷静な色を浮かべていたジョイアの瞳が、強い興味の色にきらりと輝く。

「お、おぉ……これは……また、素晴らしいものをお作りになりましたな。魔導金の地金に、この宝石は……？」

「二角狼《ビスコルヌウルフ》の特殊個体の角を砕いて加工したものだ。かなり珍しくてな。付与素材としても最高峰に近いし、宝石としても滅多にない」

「二角狼《ビスコルヌウルフ》の……。通常個体の宝石水晶も高級品ですが、特殊個体の……。聞いたことはありますが、滅多に見ませんね」

「よっぽど山奥に行かないと普通は手に入らねぇからな。街の近くでとなると、運が良くねぇと」

「と、言いますと？」

「二角狼《ビスコルヌウルフ》はまぁまぁ危険な魔物だから、見つかり次第、早めに駆除されてるんだよ。特殊個体は通常個体がある程度、年を経たものがなるんだが、そうなる前に街の近くだと狩っちまう。だからだな」

「なるほど……ですから流通量があまり多くないのですね。それで、いかほどでいただけるのでしょうか？」

商人の顔で、ジョイアがそう尋ねてくる。

しかし、それほど厳しい表情でもない。

それは、ジョイアとゲオルグに長年の付き合いに基づく深い信頼があるからであった。

そもそも、ゲオルグには大して金に対する執着がない。

正直なところ、いくらで譲ってもらえるか、と言われても……。

「言い値で譲るぜ。材料費さえもらえりゃ、俺はそれでいい。利益はお前がとればいい」

そういう話になる。

ジョイアはこのゲオルグの言葉に呆《あき》れたような表情で、

「あなたは……。いつもそうおっしゃいますが、こういうときは出来るだけふんだくるのが商人というものですよ。しかも、これほどの品となると……白金貨十枚出せと言われても惜しくないでしょう」

白金貨一枚が、金貨百枚に相当する。

つまり、金貨千枚分の価値がある、と言っているわけだ。

しかし、いくら二角狼《ビスコルヌウルフ》の特殊個体の素材を使っていると言っても、原価で言えば金貨五枚程度である。

魔導金の地金まで入れても金貨十五枚程度か。

それを白金貨などとは。

ゲオルグからしてみると、その値段はぼったくりだろうと言いたくなる値段に思える。

「白金貨って……」

「貴方《あなた》は自分の腕を過小評価しすぎです。ここまでの細工物はクレアードの最高峰の職人が作り出すレベルですよ。それを……」

クレアードは細工職人の都と言われる街で、それこそ一つで軍艦一隻購入できるような宝飾品を作り出す職人が何人もいるところである。

ジョイアは、ゲオルグの腕がその街の最高峰の職人の腕に匹敵すると言っているのだ。

そしてそれは事実なのであった。

「褒めてくれるのはありがたいが、そこまでじゃねぇよ。で、いくらで買ってくれるんだ？」

ゲオルグはジョイアの言葉を軽く流して言う。

ジョイアは呆れた顔で、

「……昔から変わりませんね、貴方は。いいでしょう。白金貨一枚で購入します。店頭では白金貨五枚で出すことにしますよ」

「それで売れるのか？」

そんな大金を出して買ってくれるような客がいるとはゲオルグには思えなかった。

しかし、ジョイアは、

「見る者が見れば、間違いなく。ここが王都であれば白金貨二十枚でも三十分で売れたでしょうね」

そう豪語し、実際、数日後には見事に売れてしまったということだった。

◆◇◆◇◆

ゲオルグとジョイアとの出会いは、二十年は遡る。

当時、冒険者になりたてだったゲオルグは、一つの護衛依頼を受けた。

複数のパーティーで、隣町に商品を運ぶ馬車を一台護衛するというものだ。

その依頼主がジョイアだった。

当時、依頼を受けたときには中に積まれている商品がどんなものなのかについては詳しく教えられなかったが、ジョイアの職業は当時から宝石商だったことから、宝飾品だろうということはゲオルグにも想像がついていた。

だからこそ、複数パーティーで厳重な護衛を依頼したというわけだ。

しかし、このときのジョイアの行動はそのときは裏目に出た。

というのも、妙に厳重な警戒をしている馬車がある、これは金目のものがよほどたんまりあるのだろう、と盗賊に目をつけられてしまったからだ。

襲われて戦闘になり、結果として盗賊は全員撃退したのだが、商品の方に問題が出てしまった。

依頼主であるジョイア、それに彼が連れていた従業員たちには怪我一つなかったのだが、積んでいるものが積んでいるものだ。

襲ってきた盗賊たちの中に魔術師がおり、馬車が何度か大きく揺れることとなって、重要な品物が損傷してしまったのである。

幸いなことにこれは、護衛依頼を受けていた冒険者たちの失態、ということにはならなかった。

それは、ジョイアが積み荷の内容を伝えず、また依頼内容はあくまで依頼主とその連れの安全確保を優先するようにとのものだったからだ。

当時の状況を鑑みるに、積み荷を優先すれば積み荷は無事だっただろうが、ジョイアとその連れの従業員の誰かが怪我をしたり死亡したりした可能性は否定できなかっただろう。

ただ、そうは言ってもジョイアがかなり困ったことになったのは事実だった。

どうやら、損傷した品物、というのはそのとき目指していた街を治める領主が、婚約相手に贈ろうとしていたもので、相当な値のする一流品だったということだったからだ。

ジョイアや従業員たちが商品を取り出し、深刻そうな顔で相談をしていた。

ゲオルグたち冒険者もこの段階で運んでいたものを見せてもらったが、それは無残に壊れてしまっており、もはや本来の用途には使いようがなさそうだった。

せいぜいが、無事な宝石を取り外し、地金は鋳つぶして再利用する。

それくらいが関の山、といった感じだった。

見せてくれたのはそれくらいに壊れていたからだったのだろう。

しかし、このことが、ジョイアにとって運がいいことだったとは、彼自身も気づかなかった。

ゲオルグは、途方に暮れて、憂鬱な表情をしているジョイアに言った。

「完全に同じとはいかないが、そこそこの品でも良ければその残骸をもとに作れなくもないぞ」

と。

これをジョイアは初めは笑った。

普通の冒険者にそんなことが出来るはずがないからだ。

しかしゲオルグが腰に下げた革袋から「俺が作った見本だ」といくつかの宝飾品を取り出して見せるや、その目の色が変わった。

「貴方が……これらの品を？　一体どうして……冒険者なのでは？」

「趣味で彫金と錬金術をやってる。彫金はショハムに、錬金術はビリュザーに学んだ。どちらからも店を出す許可をもらってる。当分、そのつもりはないけどな」

ゲオルグがそう言うと、ジョイアは目を見開いた。

当時、ゲオルグは世間知らずでよく知らなかったが、ゲオルグが彫金と錬金術を学んだ師は、二人ともその道において右に出る者なしとまで言われた第一人者であった。

その二人に、二十歳をいくつか過ぎた程度で店を出していいとまで言われるというのは、とてつもないことだと、ジョイアは語ったものだ。

ただ、それを聞いても当時、確かに、彫金と錬金の師はすごい人たちだったが、弟子だったからといって自分は褒められるほどではない、とゲオルグは思った。

当時のゲオルグでは足元にも及ばない高みにいる二人だと知っていたからだ。

店を出していい、と言われたとき、誇らしかったのは間違いないが、それはあくまでも最低限の技術を認められただけで、あの二人の作るものには遠く及ばないことはゲオルグが一番よく分かっていた。

けれど、ジョイアはそんなことを言うゲオルグに、

「いえ……この見本を見る限り、貴方の技術は大したものです。もちろん、技術料は出しますので、試しに作ってみていただけますか。もしダメでも、違約金などは請求いたしません。その場合は、どうにか他の品を収められるよう努力しますので……」

そこまで言われて断る理由はゲオルグにはなかった。

技術料、と言ってジョイアが提示してきた金額は、当時のゲオルグにとって一年は生活できるほどの大金だったし、細工は冒険者仕事と同じくらい好きで、時間が空いたときはよくやっていたから技術も鈍ってはいなかった。

加えて、当時のゲオルグの経済的事情では貴金属を購入するのは厳しく、頻繁に扱うわけにはいかなかった状況の中で、久しぶりに質のいい貴金属を扱える機会が得られることもあって、ぜひやりたいと思った。

結果として、ゲオルグはその当時の自分の腕だとこれ以上は無理だろう、という出来の首飾りを作ることが出来、ジョイアも満足して貴族に収めることが出来た。

本来なら、事前に購入したものと異なる品を収めるのはかなり難しいことのような気がするが、

ジョイアはその貴族に「素晴らしい品が手に入ったので、そちらに変更してはどうか」ということを言葉巧みに説明したらしい。

結果として、貴族はその変更を受け入れ、婚約も滞りなく行われて、今でもその貴族の奥方の首には当時ゲオルグが作った首飾りが下げられている。

今でも、たまに洗浄や接合部分の調整などをする際に、その貴族のところへジョイアに連れられて訪ねに行くこともあるので知っているのだ。

もちろん、その際にはゲオルグは無精ひげを剃《そ》り、髪を撫《な》でつけて、ゆったりした服を身に纏って、全く冒険者に見えない格好で行く。

言葉遣いも出来る限り丁寧にして、である。

だから知り合いがジョイアと一緒にいるゲオルグを一瞬ちらりと見てもそれとは気づかない。

気づくのは、レインズくらいのものだ。

貴族と対面するときも、ほとんどジョイアが喋《しゃべ》るため、ゲオルグのすることと言えば引きつった笑顔を維持することくらいだ。

他にも、ジョイアと共に受けてきた依頼は色々あって、細工師として、昔の自分の仕事に出会うことは少なくない。

そういうとき、昔の自分の仕事を手直ししたくなるときもあるが、同時にこれはこれでいいのだ、という気分にもなる。

それに、おそらく今作ろうとしても同じものは作れないとも。

何年も前の仕事の中に、若い時分の拙い技術を感じると同時に、若いときにしか注げない情熱と輝きを感じるからだ。

それを下手にいじくりまわしてひどいものにしたのでは目も当てられない。

それに、首飾りを持っている奥方たちがいつも嬉《うれ》しそうにそれに触れ、旦那を見ている様子などを目にすると、やはりあの仕事はあのままが一番いいのだろうという気分にさせてくれることも少なくない。

そういうわけで、自分の技術に未《いま》だ納得がいっていないゲオルグであるが、そうやって誰かの幸せのために貢献できていると思うと、それだけで嬉しくなってくる。

冒険者の仕事も同じで、自分が魔物を狩ることによって、その被害に遭う人間が確実に減っているという実感があるからこそ楽しい。

だから、細工師も、冒険者も、どちらもずっと、出来るところまでやり続けていこうとゲオルグは思っている。

どちらも、人の縁を繋《つな》ぎ、人の未来を輝かせる素晴らしい職業なのだと知っているから。

今日ジョイアに売却した簪もまた、そうやって人と人の縁をつないでくれればいい。

そう心の底から思って、ゲオルグは帰宅し、ベッドに横になって目をつぶった。

◆◇◆◇◆

ゲオルグの日常は、本人の見た目からは考えられないほど、ある意味で、規則正しい。

彼は毎朝目が覚めると、まず一通りの身だしなみを整え、朝食を食べて、武具を身に纏って冒険者組合《ギルド》に向かう。

そして冒険者組合《ギルド》で依頼票の貼られたボードをぼんやりと眺めて、良さそうな依頼を手に取り、受注受付に手渡す。

それから依頼をこなして、報酬をもらい、適当な酒場を選び、酒を飲んで千鳥足で家に帰り、寝て、また次の日も同じことをする。

たまに【作品】が完成するとあの宝飾品街に足を向けることもあるが、イレギュラーな用事はそれくらいである。

一般的に、冒険者と言えば、腕っぷしにものを言わせて、大雑把に問題を片づけようとする性格の者が少なくない。

当然、そんな集団の中にあって、ゲオルグの性格は本来かなりの異彩を放っていて然《しか》るべきである。

しかし、ほとんど誰もそのことに気づかないのは、彼の見た目がまさに、その腕っぷしと大雑把さを顔面と腕の太さで表現しているような存在であるからだ。

まさか、彼の武骨な指の先から繊細な細工物が生まれるとは誰も想像しないし、また彼の頭の中には今すぐにでも店を開けるだけの料理レシピが日々増え続けているなどとは誰も夢にも思わない。

B級冒険者ゲオルグは、荒くれの、粗野な、分かりやすい冒険者なのだと、皆が思っているのだ。

ゲオルグは、今日もそんな自分の容姿から醸し出されるパブリックイメージに合致した一日を過ごそうと、依頼票の貼られたボードを無精ひげを摩《さす》りながら難しい顔で眺めていた。

そして、

「……今日はしょっぱい依頼しかないな」

ぼそりとため息を吐きながらそんなことを呟く。

ボードに張られている依頼のどれも、別に報酬には文句がない。

そういう意味では十分に適正な報酬が約束された、悪くない依頼ばかりだ。

しかし、ゲオルグにとっては少し事情が異なる。

というのも依頼は報酬よりも内容で決めるタイプのゲオルグである。

気に入った依頼がないときは、諦めて自宅に帰ることも少なくないほどだ。

別に怠け者というわけではなく、他の同ランクの冒険者と比べてむしろ勤勉な方なのだが、それだけに依頼は選ぶのである。

どうしようもないほどに食い詰めたときは、気にくわない依頼でも受けるが、幸い、今のゲオルグの懐はそれほど寒くない。

そんなゲオルグの感覚からすると、今日、ボードに並んでいるBランク向けの依頼の中には、食指の動くものがなかった。

Bランク未満の依頼を見れば、それなりに良さそうなものはある。

アインズニール冒険者組合《ギルド》の規則上でも、自分のランクより下の依頼を受けることは特に禁止されていないため、受けても別に構わない。

ただ、今日はいつもより依頼の数が少ないようで、Bランクのゲオルグがそれらの依頼を取ってしまうと、Cランク以下の冒険者が困るだろう。

そのような場合、ランクが上の冒険者は気を遣って受けないものだ。

これは決まりというわけではなく、配慮とか、暗黙の了解とか、そういう領分に属することであった。

しかし、その結果として、受ける依頼が何もない、という状態であるのは目も当てられない。

妥協すればいいということは分かっているが、それもなんだかな……、と、そう思うゲオルグであった。

「やれやれ……困った」

心の底からそう思ってそんなことを呟いていると、

「ゲオルグさん。何かお困りなのでしょうか？」

と、先ほどまで受付に座っていた冒険者組合《ギルド》職員であろう女性が、後ろから近寄ってきて話しかけてきた。

見れば昨日、ゲオルグが持参した討伐証明部位を鑑定した若い女性職員だ。

短めに切りそろえられた金髪がよく映える顔立ちを持つ、控えめに言って美人である。

名前は……。

「あんたは……確かマリナ、だったか」

そう言うと、マリナはその水色の瞳を驚いたように開いて、

「覚えていらしたのですか？　まだ勤め始めて間もないですのに」

そう言った。

この場合の、勤め始めて間もない、というのは当然ゲオルグのことではなくマリナの方である。

ゲオルグはもうほとんど生き字引と言っていいくらいに、このアインズニールの冒険者組合《ギルド》で過ごしてきているのだから当たり前だ。

マリナの方は、それと比べると、まだ二週間くらいだろうか。

その割には堂に入った接客ぶりに加え、その容姿もあって、冒険者たちの目を引き、すでに固定ファンがついているようである。

冒険者組合《ギルド》の受付嬢というのは、基本的に男の比率が高い冒険者たちにとって唯一、仕事場で仕事にかこつけて会話が出来る存在である関係で、その注目度は恐ろしいほど高い。

つまり、酒の席で、どの冒険者が彼女をものにするかという、恐ろしく下らない賭けが何度も行われていて、だからこそゲオルグは彼女の名前を知っていたというわけだ。

ちなみに、ゲオルグはそういうのにはほとんど興味がなく、さらに言えばマリナのような正統派の美人は好みではないため、賭けには参加していない。

そんな事情など全く知らないらしいマリナは、純粋にベテラン冒険者に名前を覚えてもらって嬉しそうな表情を浮かべていた。

組合職員の最初の仕事は、荒くれだらけの冒険者たちにいかに受け入れてもらうかだという言葉

もあるくらいだ。

自分がそんな越えがたい関門の一つをすでに抜けられている、という気がしているのだろう。実際のところ、彼女に対して親しみを感じている冒険者というのはすでに述べたような理由で大勢いる。

ただ、その親しみ、というのはお近づきになりたい、という阿呆《あほう》な理由であるだけだ。

まぁ、理由を考えなければ馴染《なじ》めていると言えなくもないか……。

そんな諸々《もろもろ》の考えを特に顔に出さずに、ゲオルグはマリナに言う。

「まぁ、新人職員の名前くらいは覚えておくもんだ。その方が仕事もうまくいく」

それっぽいことを言って誤魔化したゲオルグに、マリナは、

「なるほど、やっぱりゲオルグさんほどの冒険者となると心がけから違うのですね。感心します」

と心から言ってくれた。

ゲオルグはそのあまりにも邪気のない視線に少し心が痛くなり、話をずらす。

「……まぁ、それはそれとして……一体どうしたんだ？　あんたの指定席はあそこだろう」

そう言って、ゲオルグは受注受付を指さす。

そこは今、空席であった。

主であるはずのマリナがここにいるのだから当然である。

とはいえ、誰かが依頼の受注を告げるために順番待ちをしているという様子もない。

それもそのはずで、今は冒険者組合《ギルド》が混み始める時間帯を少し外れている。

冒険者たちの多くがここにやってき始めるのは、あと三十分ほどしてからだろう。

なぜこんな時間にゲオルグが来ているかと言えば、ゲオルグは割と優柔不断で、いくつもの依頼を悩んで見ていることが多いので、早めに来ているというだけだ。

まぁ、今日は、悩むことすら出来ていないわけだが。

「確かにそうなのですけど、何かお困りのようなのが見えてしまったので」

マリナは頷きながら、ゲオルグにそう答える。

彼女の言葉に、そう言えば、自分が困った、などと独り言を呟いたのだったかと思い出す。

そして、確かにちょうどいいかとも思い、ゲオルグはその悩みをマリナに言ってみることにした。

「確かに、困ってはいる。ちょっと受ける依頼がな……好みのものがないんだ。かと言ってランクが下の依頼を取るのも今日の依頼状況だと気が引ける」

事情を説明すると、マリナは納得したようで、

「……なるほど、ゲオルグさん好みの依頼は今日はなさそうですね。それに加えて低ランク向けの依頼は……フリーデ街道のことが影響して少なめになっていますから」

言われて、亜竜がフリーデ街道辺りを彷徨《さまよ》っていることを思い出す。

もしかしたら、もうすでに巣があるであろう洞窟に戻っているのかもしれないが、それを期待してあの辺りをうろつくのは命をチップにした賭けのようなものだ。

低ランク冒険者向けの依頼を出して、大量に人死にを出すというのも冒険者組合《ギルド》としては気が引けるのだろう。

「そうなると、亜竜騒動が落ち着くまでは、ずっとこんな感じか。新人たちも困ってるだろうな」

ゲオルグは貼られた依頼の少ない依頼票ボードをちらりと見て、ため息を吐いた。

フリーデ街道はこの辺りで最も重要な交通路だ。

アインズニールの冒険者は、その多くがここを通って各地の狩場に行く。

そんなところを、強大な魔物によって通行止めにされては、たまったものではない。

ランクが高い冒険者なら、亜竜と出遭っても逃げるくらいは可能だろうと遠出することも出来るだろう。

けれど、低ランク冒険者にそこまでのことは出来ない。

結果として、亜竜討伐までの間、ただでさえ少ない依頼を取り合いすることになると思われ、ゲオルグはそれを考えて気の毒に思ったのだった。

これはマリナも同感のようで、

「冒険者組合《ギルド》としても困っています。誰かがあの亜竜を退治してくれれば、と思っているのですが……」

そう言いつつ、ゲオルグを見た。

その視線が何を言いたいのか、すぐに理解したゲオルグであるが、しかし慌てて首を振る。

「おいおい、亜竜っていやぁ、Aランク冒険者が必要な相手だ。俺のランクを知ってるだろう？」

「ええ……もちろんです。けれど、以前一度、亜竜を討伐なさってますよね？」

この言葉に、ゲオルグは驚いた。

まさか、そんなことまで知っているとは思っていなかったからだ。

確かに、マリナの言う通り、ゲオルグは一度、亜竜を討伐している。

しかも、パーティを組まずに、単独で、である。

ただ、それも相当昔の話で、組合職員になって二週間くらいしか経っていないマリナが、そこまで自分の経歴を調べているとは考えなかったのだ。

「よくそんなことを知っているな」

思わずそう言ったゲオルグに、マリナは、

「誰か亜竜を倒せる方はいないかと調べたので……そうしたら、ゲオルグさんが」

なるほど、冒険者組合《ギルド》に登録している冒険者の経歴は、その倒した魔物の数や種類まで、冒険者組合《ギルド》の魔道具に記録されている。

マリナは、その魔道具を使い、亜竜を倒せる実力者を調べたのだろう。

しかし、この膨大な情報を記録できる魔道具を使って調べ上げた割に、その調査は完全ではなかったようだ。

ゲオルグはマリナに言う。

「……確かに俺は亜竜を倒したことがある」

これは、事実だ。

だからそう言うしかない。

ゲオルグの言葉に、マリナの表情が明るくなる。

「でしたら……！」

しかし、ゲオルグは首をゆっくりと横に振って、

「だが、それは別に無傷の亜竜を単身で倒したってわけじゃない。俺は運が良かったんだよ……俺があの亜竜を見つけたとき、すでにかなりの傷が刻まれていたんだ」

この言葉に、マリナは怪訝《けげん》そうな顔で首を傾げた。

「……それは、どういう？」

「周囲に冒険者の死体がいくつも転がっていたって言えば分かるか？」

「あっ……」

ゲオルグの言い方に、マリナも察したようだ。

つまり、確かに最終的にはゲオルグがソロでその手柄を取ることにはなったが、実際に亜竜と戦ったのは彼だけではなかった。

たまたま、冒険者たちが倒れた後、その場にゲオルグが辿り着いた。

それだけの話だ。

「ま、そういうことだ。俺が倒したんじゃない。強いて言うなら、そいつらがほとんどやっておいてくれたんだ。俺がやったのは……せいぜい、止《とど》めを刺したくらいだな」

「そういうことでしたか……申し訳ないです。思い出したくないことを……」

「いや、別に構わない。ただ、調べるならもっと念入りに調べておけよ。聞かれたくないことがある冒険者なんてたくさんいるからな」

ゲオルグは本当に何とも思ってはいないが、脛《すね》に傷がある人間がたくさんいるのが冒険者だ。あまり不用意なことを言ってしまい、良くない結果を招いて、この若い組合職員に落ち込んでは欲しくない。

基本的な業務にはすっかりと慣れているとはいっても、こういうところはまだ、新人だ、ということなのかもしれなかった。

マリナはゲオルグの言葉を心に刻み込むように深く頷き、今度からは気を付ける、と言った。

あまりどんよりとされても困るので、ゲオルグは話を変える。

「ま、俺が討伐に出られないにしても、冒険者組合《ギルド》の方では高ランク冒険者をすでに手配してるんだろう？」

亜竜を倒すにはAランク冒険者が必要、というのは一般的な常識であるが、そうそうAランクなんていないものだ。

アインズニールの街もそれなりに大きな街であるのは間違いないが、それでも常駐しているAランク冒険者はいない。

Bランクが最高位であり、Aランクが必要なら他の場所から呼ぶ必要がある。

亜竜とはそれほどの魔物なのだ。

マリナはゲオルグの質問に頷き、

「ええ、王都からAランク冒険者をお呼びしているところです。ただ、到着にはまだ数日かかる見通しですので、それまでになんとか出来たらと思ったのですが……あまりにも浅慮でしたね。申し訳なく存じます」

またもやがっくりとした様子でそう言われてしまったので、ゲオルグは、マリナの肩を叩いて、

「だから気にすんじゃねぇ。なんだって駆け出しは失敗してなんぼだからな……そうだな、じゃあ、お詫《わ》びってわけじゃねぇが、何か俺に良さそうな依頼でも見繕ってくれよ。このままじゃ何も選べそうもねぇからな」

と大きく話をずらした。

これにマリナは感謝するような視線を向け、それからボードを眺めて、一枚の依頼票を取り、ゲオルグに手渡してきた。

「こちらはいかがですか？」

見ればそれは確かにBランク向けの依頼であり、先ほどからずっとボードに張られていて、ゲオルグもちらりと目を通していたものだったが、取る気にならなかったものだ。

「……こいつはなぁ。俺でいいと思うか？」

微妙な顔で、ゲオルグはマリナにそう、尋ねる。

その依頼を選ぼうとしなかった理由は、別に依頼内容が嫌だったからではない。

そうではなく、単純に向いていない気がしたのだ。

依頼票には、こう書かれている。

『迷宮【風王の墳墓】を探索する低ランク冒険者の補助』

と。

内容としては、一日中、迷宮をうろうろと歩きつつ、困っている低ランク冒険者を見つけたら助《すけ》っ人《と》に入る、とそういうものだ。

低ランク冒険者の死亡率を低下させるため、冒険者組合《ギルド》が依頼主になって高ランク冒険者向けに出している、いわばボランティアに近い仕事である。

当然、報酬は少ないが、こういった依頼は高ランク冒険者の一種の義務として、率先して行うべきとされているので文句はあまり出ない。

それに、ただひたすらに迷宮の浅い層を歩き回って、低ランク冒険者に出会ったときに助けに入ればいいだけなので、労力も少なく、それほどの負担はない。

がっつり依頼をやる気にはならないが、今日明日の酒代くらいは稼ぎたい、という冒険者にはそれなりに人気なのだ。

ただ、こういう依頼は、後輩の面倒見のいいものが基本的に受けるもので、ゲオルグのような見るからに恐れられる風体の者が受けることは少ない。

それは、義務を拒否しているから、というわけではなく、単純に、迷宮の暗闇の中からゲオルグのような男が現れれば鬼人《オーガ》などと見誤り、低ランク冒険者を驚かせるのでは、という危惧があるからだ。

冒険者ならそれくらいのことで驚くなという話だが、低ランクのうちは、皆、常に緊張しているものだ。

わざわざそんな危険性を増やすことをする理由などない。

そういったわけで、ゲオルグはマリナに、自分がこれを受けるのはどうか、と尋ねたのだが、マリナは笑顔で、

「いえ、ゲオルグさん、話してみると何だか優しいですし……問題ないと思いますよ？」

と言ったので、本当か？　とは思いつつも、一応彼女のお勧めでもあるし、物は試しにと受けてみることにしたゲオルグだった。

◆◇◆◇◆

「さて、行くか……」

依頼の受注受付も済ませたゲオルグ。

しばらくの間、目的地である迷宮【凬王の墳墓】に向かう馬車の出発を待つため、冒険者組合《ギルド》併設のカフェ兼酒場で軽食と茶を頼んでぼんやりしていた。

やはり、飲み物が酒でないのは寂しいな、と思いつつも、これから仕事なのであるから飲むわけにはいかないと自制する。

この辺り、真面目で見た目に反する繊細さを見せているのだが、誰も注目しないので気づかれていない。

改めて周囲を見ると、冒険者組合《ギルド》内部は、先ほどまでとは異なりこれから依頼を探す冒険者たちで混み始めていた。

これ以上ここでぼんやりしているのは彼らの邪魔になるし、依頼が依頼である。

早めに現地に到着しておくべきだろうと立ち上がった。

もともとが非常に目立つ筋骨隆々の巨体の持ち主であるゲオルグである。

そんな彼が立ち上がれば周囲に強大な威圧を与える存在感があるために、周囲の冒険者たちが驚いたように彼を見た。

先ほどまでは、ゲオルグが意図して気配を小さくしていたので、それほど注目されなかったのだ。

もちろん、それでも比較的腕のいい者たちは気づいていたようだが、彼らはこういうとき気を遣って放っておいてくれるものだ。

いい冒険者というのは空気にも敏感である。

立ち上がったゲオルグに気づき、

「ゲ、ゲオルグ!?　いたのかよ。全然気づかなかったぜ……」

冒険者の一人がそんなことを言って目を見開いたので、ゲオルグは言う。

「おう、だいぶ前からな。そこで静かに飯を食ってたから目に留まらなかったんだろう」

「そうだったのかね？……しかし、お前にしては珍しいな？　いつもは依頼受注したらすぐに冒険者組合《ギルド》を後にするじゃねぇか」

確かにそれはその通りである。

今日それが出来なかったのは、依頼が依頼だからだ。

時間がきっちり指定されている依頼を受けることは、ゲオルグは少ない。

「今日は新人のお守りをする予定なんだよ。ボランティアだ」

その言葉の意味を対面の冒険者は少し考え、はっとして言う。

「お前が新人の補助を受けるなんて何年ぶりだよ？　そもそも、迷宮でお前の顔を見たら新人ども腰を抜かすだろ」

「俺もそう思ったんだけどなぁ……あの若ぇ受付嬢がいけるってよ」

親指で新人受付嬢マリナを指さしながら言う。

マリナの受付カウンターは今、恐ろしいほどごった返している。

並んでいる冒険者の数は、一見して二十人を超えるほどだ。

他の列は十人行かないというのに。

そしてその全員が、全く脈のなさそうなマニュアル接客をされている。

愛すべき馬鹿とは奴らのことなのかもしれないな、とくだらないことを考えたゲオルグであった。

ゲオルグの対面の冒険者はマリナを見ながら言う。

「……何を思ってお前にそんな依頼を勧めたんだかね？」

「さぁ、俺にも分からん……ただ、受けた以上はしっかりとやるさ」

「そうか……当然だが実力的には申し分ないだろうし、いいことなのかもしれねぇな。新人たちも度胸を鍛えられるしよ！」

「抜かせ」

そんな軽い会話とあいさつをそこここで繰り返しながら、ゲオルグは冒険者組合《ギルド》の入り口にまで辿り着く。

そして、外に出よう……と思ったそのとき、ゲオルグはその腕を摑まれた。

「ちょっと待ってくれ！」

一体何事だ……？

そう思ってゲオルグが振り返ると、そこには先日色々あった、女性冒険者が立っていた。

その顔を見て、そう言えば後日謝罪がどうとか言っていたな、と思い出したゲオルグ。

しかし、今は忙しい。

馬車の時間が迫っているのだ。

「少し、時間はないか……？」

案の定、そのことが目的らしい少女に、ゲオルグは、

「いや、今から依頼だ。時間はない」

するとあからさまにがっかりとした顔をしたので、ゲオルグは仕方なく、

「……依頼が終わった後でいいなら時間が取れる。夕方過ぎになるが、いいか？」

すると少女はぱっと花が開いたように笑い、頷いた。

「あぁ！　すまないな！」

正直なところ、謝罪なんてもう必要ないし、大して気にしていないゲオルグである。

なにせ、あの騒動の原因はしっかりと自分にあることを認識しているからだ。

もちろん、それでいきなり殴りかかっていいのかと言われるとそれはダメだろう、とは思うが、

誤解されるような態度でいた自分に責任がないとは言えない。

だからもう、お互いさまということでいいのだが、少女からするとそういうわけにはいかないらしい。

まぁ、ゲオルグの方からは一切手を出していないのだから、一方的な加害者は向こうということになる。

分からない話ではない。

そこまで考えてから、ゲオルグは少女に言う。

「で、依頼が終わったらどの辺りに行けばいい？」

「……冒険者組合《ギルド》で構わない。貴方が帰ってくるまで待っている」

少女の言った言葉は、前半はともかく、後半は勘違いが誘発されそうなものだったが、特に突っ込まずにゲオルグは言う。

「別に待ってる必要はねぇよ。あんたの好きなところでいいんだ」

少女の言い方が、まるで日がな一日、冒険者組合《ギルド》で待ち続けるような感じだったのであえてそう言ったゲオルグである。

少女のどこか四角四面な雰囲気からも、おそらくその推測は正しいだろう。

実際、少女は、

「私の勝手で頼んでいるのだから、貴方の事情に合わせるのが正しいと思うのだが」

などと言う。

しかしそんな待ち方をされると却《かえ》って気が急《せ》いてしまう。

適当な時間に適当な場所で適当に待ち合わせるのが一番、お互いに気楽だ。

「その本人がどこでもいいっつってんだろ。ほれ、早く決めろ」

少し怒鳴り気味に聞こえるがなり声で言ったゲオルグに、少女は慌てて、

「わ、分かった……では、そうだな、十二区の教会に併設されている孤児院は分かるだろうか？

あそこで頼む」

待ち合わせ場所に孤児院とは随分と変わった話で、ゲオルグは首を傾げる。

挙げられた場所に少しどきりとした部分もあった。

そこはゲオルグにとっては知らない場所ではないからだ。

しかしそこには触れず、とりあえずゲオルグは尋ねる。

「孤児院？　またなんでだ」

「……私の出身なんだ。たまに訪ねて孤児院の仕事を手伝っている。今日もそのつもりでな。一日
あそこにいる予定だったんだ」

少女はそんな風に言ったので、ゲオルグは素直に謝った。

「悪いな。そんな話を聞くつもりじゃなかった」

「いや……」

妙な空気が流れ始めたので、ゲオルグはそれを払拭するようにあえて明るい雰囲気で、

「じゃ、俺はそろそろ行くぜ。今日は新人どものお守りなんだ。あんたも子供の世話してくるんだ

ろ？　お互い大変だろうが、頑張ろうぜ」

その台詞は、新人冒険者と子供を同一視するもので、新人冒険者からすればたまったものではないだろうが、ゲオルグからすればどちらも似たようなものだ。

むやみやたらに迷宮の奥に突っ込んでいかないだけ、子供の方が分別があるとすら思うくらいである。

そんなゲオルグの意図を理解したらしい少女はふっと笑って、

「あぁ、そうしよう。では、また夕方に」

それから、ゲオルグは冒険者組合《ギルド》を出て、馬車乗り場に向かう。

【風王の墳墓】まで行く馬車は、アインズニール東の馬車乗り場にある。

とは言っても、もちろん亜竜の影響を受けていない街道を通っていくのだ。

東に延びているのはフリーデ街道だけではない。

馬車の乗車賃についてはすぐに話がつき、ゲオルグは身軽な足取りで馬車に乗り込む。

するとそこには【風王の墳墓】まで向かうのだろう新人冒険者たちがすでに乗っていた。

ゲオルグを除き、全部で八人だ。

荷台の広さからして、ゲオルグを入れてぎりぎり定員、という感じである。

それぞれが四人ずつ固まっているので、おそらくはパーティーが二つ、ということなのだろう。

持っている装備を観察すると、どれも真新しいものや、それほど値の張らないものばかりで、全員新人なのだと分かった。

ゲオルグはソロであり、これでは目的地に辿り着くまで若干居心地が悪いかもしれないな、と思ったが、それもまた仕事であると割り切ることにして、むっつりと座り込んだ。

新人冒険者たちははじめ、ゲオルグの巨体に目を瞠《みは》っていたが、思いの外、ゲオルグが静かに座ったので、すぐにパーティーメンバーとの会話に戻った。

楽しげに会話している新人冒険者たちに、ゲオルグは自分が同い年くらいだった頃を、ふと、思い出す。

◆◇◆◇◆

「別に死にはしないだろう」

奉天大陸の最奥、【悪夢の熱帯林】と言われる地帯にそう言われてぶん投げられたのは、ゲオルグである。

十四歳になって数か月ほど経ち、修行もある程度進んで、冒険者になるために悪くない実力になってきた、と言われた頃のことだ。

ゲオルグの師である女冒険者は、ゲオルグをここに連れてきた後、そう言って崖から突き落としてくれたのだ。

ガラガラと、ほとんど垂直の岩の壁を転げ落ちながら、自分は一体どこで選択を間違えてしまったのかと思わずにはいられなかった。

しかし、そんなことを考えるよりも、まず今の状況をどうにかしなければならない。

最も優先順位が高いのは、とりあえず、死なずに崖を降りること……いや、転げ落ちることか？

それに加えて、師匠から言われたポイントに、決められた素材を持って指定期日までに辿り着く必要がある。

当たり前の話だが、【悪夢の熱帯林】とは尋常ではない危険地帯で、当時のゲオルグが戦った場合、即座に物言わぬ肉塊へと変えられてしまうような魔物が少なくない数いた。

そんな環境で、数日生き残り、しかもしっかりと探索して、その上で、これ、一日で移動するとなると睡眠時間やばいんじゃないのかな、と思うような距離を移動しなければならなかったのだ。

十四歳の子供にする要求にしては高すぎるにもほどがあった。

しかし、彼女はそう言い募るゲオルグに、

「私は十の時に同じことをして、成功させている。女の私に出来たのだ。男のお前に出来ないはずがない」

とにべもなく言い放った。

貴女《あなた》は本当に女なんですかね？

いや、そもそも人間なんですか？

と尋ねたくなったのは言うまでもないことだが、それらの言葉が喉から出かかったと同時に竜も逃げ出しそうな眼光を向けられたので即座に口を閉じたゲオルグであった。

……そうだ、あれに比べれば、魔物がどれほどのものだろう。

ふと、そう思い、そして、大したことないな、と結論する。

あんな危険生物と毎日稽古をし続けてきた自分だ。

この程度の危険地帯など、簡単に踏破できるのではないか。

そう、思った。

もちろん、本当に心の底からそう思っていたわけではない。

どれほどここが危険な場所か、それは骨の髄まで分かっていた。

しかし自分を鼓舞しなければ一歩たりとも進めない気がしたのだ。

だからこそ、そう思うことにした。

そういう話だ。

実際、その作戦は功を奏し、ゲオルグは足の震えを止めて、歩き出すことが出来た。

それからのことは、出来ることなら思い出したくない。

何度死にかけ、何度もうダメだと思っただろう。

結果的に師匠指定のポイントに、目的の素材を持って辿り着けたが、一つ間違えたら死んでいた。

もう二度とこんな経験はしたくない、と心から思った。

けれど、残念なことにその後も似たような経験を何度も繰り返した。

その結果、ゲオルグの人相は当時とはまるで異なる鬼のようなものへと変わってしまったのだった。

しっかりと冒険者にしてくれたことはいくら感謝してもしたりないが、今にして思う。

あれは果たして、十四の子供に課すような訓練だったのか、と……。

◆◇◆◇◆

「……」

ひどい出来事を思い出した。

そう言えば、自分には今、この馬車に乗っている少年少女たちのような、淡く甘い日々など存在していないのだった。

「……おじさん、なんだか随分と辛そうな顔してるけど、大丈夫？　酔い止めあるよ」

心配して、馬車に同乗している少年少女たちの一人、魔術師と思しき少女が錠剤を差し出してそんなことを言ってくれた。

そこまで自分はひどい顔をしていたのだろうか。

……いや、していたのだろう。

あれはそれだけきつい思い出だったような気がする。

しかし、それを認めてしまうのは、自分の肝の小ささを改めて確認するようで嫌だった。

ゲオルグは少女の差し出した薬に手を伸ばし、

「悪ぃな、嬢ちゃん。ありがたくもらっておくぜ」

そう言って素直に受け取ると、自己暗示にかかった。

きっと、今自分の感じている眩暈《めまい》は、馬車の振動に酔っているからだろう。

そうに決まっている。

などと。

けれど、ゲオルグは大荒れの海を渡る船の揺れですら、一切の酔いを感じたことがない。

甲板に地上と同じように立ち、襲い掛かる魔物と普通に戦ったくらいだ。

だからこそ、眩暈の理由が何なのかはっきりしていたが、それを認めてどんよりした気分に陥るのは勘弁だった。

そう……それに、あの頃の記憶がそんなに厳しい思い出ばかりで埋められているわけではない。

大体……五割、いや、六割……八割くらい？　がそういう思い出だが、残りの二割は……違うな、たぶん、一割くらいは楽しいこともあった。

彫金と錬金術の師匠たちは、あの女師匠と比べるとてつもなく優しかったし、自分たちの技術をすべて教え込む、という気合を入れて指導してくれた。

技術を一つ身に付けるたび、美味《うま》い飯屋に連れていってくれたり、良い道具をプレゼントしてくれたり……。

故郷の村にいたとき、決して親から受けたことのない愛情を、彼らからもらったのだ。

女師匠も、なんだかんだ言いながら誕生日を祝ってくれて、武具の手入れについては丁寧に、歌うように教えてくれた。

それは、とても幸せなことで……。

それなのに。

「……なぜ、もういないんだろうな。あんたは……」

あの女師匠はもう、いない。

どうしてか、その事実に、ゲオルグは目頭が熱くなる。

何年経っても癒えない傷が、ゲオルグの心の深いところで疼《うず》いていた。

◆◇◆◇◆

迷宮【風王の墳墓】に辿り着くと、ぞろぞろと馬車から新人冒険者たちが降りていく。

ゲオルグは彼らを見届けると、その一番最後に降りた。

別にその行動にそれほどの意味はないが、忘れ物がないか確認してやるためだった。

新人というのはとかく自分の荷物に無頓着で、後で忘れ物に気づいて泣いたりするものだからだ。

普通の、たとえば帽子を忘れたとか、外套《がいとう》を忘れたとか、それくらいなら迷宮内でも別に本人の責任だと笑ってやれるが、薬品類を入れたケースとか、自分の主武器を忘れたりする大呆《おおぼ》けが稀にいるので油断できない。

荷台の中をきょろきょろ覗いていると、御者が見に来て、

「……何してるのかと思ったら、忘れ物の確認か？」

「あぁ……あいつらが舞い上がって何か置き忘れてねぇかと思ってよ」

ゲオルグがそう答えると、御者は笑って、

「お前はあいつらのお袋かよ。低ランクだって一端《いっぱし》の冒険者だぜ、自分のケツは自分で拭くだろうさ」

確かにそれはその通りなのだが、ゲオルグとしてはこれも含めて仕事なのだと思っている。

だからゲオルグは言う。

「……今回、俺の仕事はあいつらのお守りだからな。こういうところも見てやらないとならねぇだろうよ」

「最近気づいたが、見かけによらずマメだよな……お前。ま、見る限りどうやら忘れ物はなさそうだぜ。この後来る新人たちの荷物は俺がしっかり確認しとくから、お前は本来の役目の方を頑張れよ……確か、鬼人《オーガ》に扮《ふん》してあいつらを脅かす役だったよな？」

「俺はこれから一人魔物祭かよ、馬鹿野郎。お守りだっつってんだろ……」

冗談交じりにそんなことを言い合い、それからゲオルグは目的地である【風王の墳墓】に向かった。

ちなみに《魔物祭》とは秋の夕暮れから夜にかけて行われる祭りで、魔物に仮装して一般家庭を訪ね、子供を脅かすというものである。

ゲオルグは毎年、そのままでも鬼人《オーガ》役がやれるとからかわれるから、その日が来ると憂鬱になったりする……。

【風王の墳墓】は、馬車が停車したところから五分ほど歩けば見えてくる。

そこまでの道はしっかりと整備されており、冒険というよりはピクニックに来ているような気分になる。

新人冒険者たちはだいぶ先にいるようだが、まだ後ろ姿は見えている。

いざとなれば魔術でもって位置探知も出来るから、それほど心配はしていないが、血気にはやっておかしなことだけはするなよ、とその後ろ姿に祈っておいた。

「……しかし、いつ見てもデカいな。よく作ったもんだぜ……」

迷宮【風王の墳墓】に辿り着くと同時に、ゲオルグはその建物を見上げながらそう言った。

【風王の墳墓】は、石段が何段も積み上げられた階層型の構造物で、この建物全体が迷宮化していると言われている。

入り口はその最上部にあり、そこから潜り込んで下へ下へと進んでいく形になる。

最下層は未だ誰も辿り着いていないらしいが、完全踏破された迷宮などほとんどないのだからそれも当然だろう。

迷宮の最下層などという場所は、およそ人が生きていられるような空間でないことが大半で、しかも出現する魔物は尋常ではない強大なものであるという。

踏破など、ひと握りの英雄だけが可能にする夢でしかない。

もちろん、そうは言っても不可能ではないことは歴史が証明しているが、それを実際にやった人間などほとんどいない。

この【風王の墳墓】も、これから長い先、踏破されることはないのだろう。

噂《うわさ》というか、言い伝えによると最下層には風魔術を極めた風王と呼ばれる存在が魔物化したものがいるらしく、この迷宮を作り出したのもその存在であると言われているが、当然、確認など出来るはずがない。

しようとも思わない。

「それよりも、仕事だな……」

言いながら、ゲオルグは迷宮の入り口に向かう。

辿り着くとそこには一人の男性冒険者組合《ギルド》職員が立っていて、ゲオルグの顔を見て、近づいてきた。

「ゲオルグさんじゃないですか。どうしてこんな迷宮に？」

と不思議そうである。

この【風王の墳墓】の下層にはそれなりに強敵がいるとは言え、あまり高ランク冒険者にとって旨《うま》みのある魔物がおらず、そのため新人冒険者向けとされている。

B級であるゲオルグが来るのは少し不自然だったのだろう。

しかしゲオルグはこれに対する明確な答えを持っている。

「依頼を受けたんだよ、依頼を。あんただってそのためにそこに立ってるんだろ？　今日は俺の番だ」

組合職員の男性が入り口に立っていた理由、それは冒険者組合《ギルド》が出した依頼、低ランク冒険者の補助依頼のためである。

こうやって入り口で待ち、ちゃんと受注した冒険者が現地に来て、迷宮内部に入るところまでを見届けるのが彼の仕事だ。

そこまでしなくてもいいだろう、とゲオルグは思うが、しかし現実問題、悪徳冒険者というのも存在していて、依頼を受けたはいいが来ずに、しかも行ったということにして報酬を請求する、ということもないではないらしく、ここまでやらなければならないというのは各地の冒険者組合《ギルド》における共通認識らしい。

依頼を受ける冒険者も実は選んでいると聞くが、自分が勧められた辺り、それは流石に眉唾かなと思うゲオルグであった。

職員の男性はゲオルグの言葉に驚き、

「貴方が受けるとは……依頼票は……はい、確かに。では、今日は一日、新人たちをよろしくお願いします」

そう言って、頭を下げた。

ゲオルグはその言葉に、

「おう、今日は誰も死なせねぇぜ」

頼もしくもあり、恐ろしくもある鬼のような笑顔でそう言って、【風王の墳墓】の中へと気負いなく進んでいった。

◆◇◆◇◆

私の名前はカレン・ステイル。

ついこの間、冒険者組合《ギルド》における試用期間に該当するG級冒険者を卒業し、晴れて正式な冒険者としてF級になった魔術師である。

F級冒険者はG級とは異なり、討伐依頼を単独で受けることも許されている。

つまり、一般的に冒険者として思い浮かべる仕事が出来るのはここからだ。

それまでは指導者付きとか、街の中でそれこそ便利屋として雑用をこなすとか、そういうことしか出来ない。

パーティーも冒険者組合《ギルド》に正式に登録することは出来ないし、G級を問題なく勤め上げることが冒険者になるための一番最初の試練だと言われている。

もちろん、私がF級になるまでにも、それなりに大変な成り行きや事件があったのだが、それは割愛しておく。

晴れてF級になれた私は、それまで非公式な形でパーティーを組んでいた、故郷を同じくする友人三人と正式なパーティーを組み、そして念願の討伐依頼を受けることにした。

冒険者組合《ギルド》で聞いた話によると、今はフリーデ街道の方で亜竜が暴れまわっており、普段出されている依頼が出されておらず、F級の依頼は少なくなっている、ということだった。

けれど、魔物の素材収集依頼というのは常時出ており、特に依頼として受けなくとも、しっかりと魔物を倒して素材をもってくれれば、冒険者組合《ギルド》が買い取ってくれる。

そのため、単価の高い素材を集めればそれなりに稼げるという話も聞いた。

単価の高い素材がある場所、と言えば色々あるけれども、低ランク向けで、しかも討伐の効率を考えると迷宮が一番だろうということだった。

今は、ほとんどの低ランク冒険者がそうしているらしく、相談の結果、私たちもそうしよう、ということになった。

他に選択肢がなく、割とすんなり決まったと言える。

私が拠点にしている街、アインズニールの周りにはそれなりに迷宮が点在している。

低ランク冒険者でも浅層なら攻略可能なところがいくつかあるのだ。

だからこそ、迷宮の攻略を勧められたわけである。

その中でも、【風王の墳墓】は、浅層に関しては内部のマッピングがほぼすべて終わっている古い迷宮で、出現する魔物も対応が容易なものが大半であることが知られているらしい。

組合職員のお姉さんにそう説明された私たちは、素直にその説明に従って【風王の墳墓】へと向かった。

探索自体には、それほど問題はなかった。

浅層に限っての話になるが、あまり複雑なつくりをしている迷宮ではなく、罠《わな》もほとんどない、本当に初心者向けの迷宮であるようだ。

F級は魔物を相手にする冒険者としては最低ランクであり、俗に新人冒険者とか駆け出し、と言われるのはこのFランクと、Eランクに限られる。

そんな新人冒険者である私たちに大した実力があるわけはないし、迷宮も初心者向けであるが、それを考えても自分たちはうまくやれている方だと思うほどだった。

けれど。

そういう油断が、往々にしてのちの大惨事につながることを、私たちは自覚していなかった。

それは、小さな緑小鬼《ゴブリン》と思しき魔物を私たちが見つけたことから始まった。

違和感はないわけではなかった。

なんとなくだが、普通の緑小鬼《ゴブリン》とは色合いが違っていて、赤みがかってはいたのだ。

しかし個体差に過ぎないだろうとパーティメンバーの誰も気にせず、追いかけたのだ。

すぐに追いつけるだろうし、そこまで苦戦せずに倒せるはずだ。

なにせ、ここに来るまでの間に、二体ほど、緑小鬼《ゴブリン》は倒せている。

体力も魔力もそれなりに使ってしまってはいたが、もう一匹ぐらいは、と誰もが思っていた。

けれど、その少し色の変わった緑小鬼《ゴブリン》が迷宮の角を曲がり、それに続いて私たちも角を曲がったとき、自分たちが大変な思い違いをしていることを理解した。

小さな緑小鬼《ゴブリン》が駆けていく。

そして、ひしと、何か大きなものにしがみついた。

その大きなものが何か、私たちは一瞬、判断に迷い、そして見上げると同時に、理解した。

「……鬼人《オーガ》だ！　まずい！　逃げるぞ！」

そう最初に叫んだのは誰だっただろう。

もはや覚えていない。

しかし、その声はあまりにも警戒心に欠け、大きすぎた。

鬼人《オーガ》はその声に気づき、即座にこちらに視線を向け、そして襲い掛かってきたのだ。

もはや、逃げることなどままならない。

そんな状態に陥ってしまった。

もちろん、私たちだってランクは低いとはいえ、冒険者だ。

単独で立ち向かえるのはC級からと言われる鬼人《オーガ》が相手とは言え、勇気を振り絞って戦った。

しかし、現実は優しくない。

櫛《くし》の歯が欠けるように、私たちは一人ずつ、昏倒《こんとう》させられていった。

昏倒で済んだのは、当たり所が良かったことが大きい。

加えて、仲間を殺されるわけにはいかないと、残りのメンバーで意識を失った者を守るように戦ったことも。

けれど、戦況は一向に良くなることはなく、最後には私一人だけが、鬼人《オーガ》と相対することになった。

私は、魔術師であると同時に、治癒術も扱える神官でもある。

自らを回復し、障壁を張りながら、立ち回ることで、何とかある程度の時間は耐えた。

けれど、それもすぐに限界に達した。

そもそもが、低ランク冒険者、しかも経験も実力も恐ろしく欠けているのだ。

無理なものは、無理だったらしい。

そう気づいたときには、鬼人《オーガ》の巨大な腕が、私の障壁を思い切り叩き、割っていた。

ばりん、という絶望の音が鳴り響き、私は、悟る。

私たちの冒険は、私たちの命は、ここまでだったのだと。

夢があった。

田舎を、親にも言わずに勝手に出てきた四人だった。

アインズニール行きの馬車の中で、都会にどんな楽しみがあるか、ずっと語り合った。

そしてそれぞれのポケットに、泥で汚れた銀貨と銅貨が入った革袋がいつの間にか入っていたことに気がついたとき、親たちが私たちの計画を知っていたことに気がついた。

彼らは知っていて、黙って私たちを行かせたのだと。

そう言えば、村を出る前の日、妙な顔つきで「頑張っておいで」と言われたと、みんな言っていた。

親たちは、分かっていて見送ったのだ。

それを理解したとき、私たちは、きっといつか皆に憧れられるような英雄に四人でなると誓った。

託されたお金を使って装備を整え、冒険者組合《ギルド》が開く新人向けの講習にもたくさん出て、一生懸命勉強し、G級の依頼で日銭を稼ぎながら、戦える技能を身に付けた。

ここまで来るのに、一年かかった。

やっとの思いでなれた、F級だった。

やっと、これから私たちの夢への道筋が見えてきたところだった。

それなのに。

あぁ、こんなところで終わるのか。

走馬灯が目の前を流れていく。

そして、ひどく引き伸ばされた時間の中、再度振り上げられる鬼人《オーガ》の剛腕が、妙にゆっくりと振り下ろされるのをぼんやりと見つめた。

せめて、最後まで目はつぶらずにいよう。

始まりは、四人だった。

終わるときも、この四人で。

ただ、皆が殺されるところを見たくはないから、私が最初に逝くのだ……。

そう思って。

けれど。

最後の瞬間。

心の底からそう確信した、そのとき。

——ガキィン！

と硬質な物質同士がぶつかる音を、私の耳が聞いた。

気づけば、目の前に、先ほどまでなかった巨大な背中が存在していた。

鬼人《オーガ》と見まがうような巨体、太く張り詰めた筋肉が躍動する腕、私の体重よりもずっと重そうな大剣がその腕に支えられて、鬼人《オーガ》の鉄を固めたような拳を軽々と防いでいた。

一体、誰が……。

驚いて私がその背中を見つめると、その人物の横顔がちらりと覗き、そして口元がわずかに笑う。

彼は、言った。

「よう、嬢ちゃん。遅くなったが、酔い止めの礼をするぜ」

そこにいたのは、あの馬車の中で辛そうな顔をしていた熟練の冒険者と思しきおじさんだった。

◆◇◆◇◆

後ろで座り込んでいる魔術師の少女を安心させるように微笑みながら、ゲオルグは考える。

果たして、自分が笑顔を向けて人に安心など与えられるのだろうか、と。

一応、こういうときにはこうするのがいいだろうと思ったからやってみたのだが、自信が全くない。

冒険者になって、いつの頃からか顔かたちを鬼呼ばわりされてきた。

笑ってもまるで威嚇しているようにしか見えず、全く安心感がないとも。

だから今回も正直まるで自信はなかったが、ちらりと見える少女の表情を見れば、安心しているかどうかは分からないにしても、その瞳にはゲオルグに対する感謝の色がある。

どうやら、少なくとも敵ではないと分かってもらえたようだと明後日《あさって》の方向で安堵《あんど》するゲオルグ。

しかし、いつまでもそんな確認に時間を割いている暇はなさそうだった。

ゲオルグの目の前でぎりぎりと拳を大剣に押し付けている鬼人《オーガ》。

ゲオルグがいつもそっくりであると言われる張本人である。

人には持ちえない強靭《きょうじん》な筋肉、巨体、それになにより、世界中の怒りを塗り固めたような顔立ちを見ると、俺はこんなのに似てるのか……？　と疑問を抱かざるを得ない。

もう少し、人間らしい顔を自分はしているはずだが、しかし、似ているといつも言われるだけあって、妙な親近感も抱かないではなかった。

「……ま、そっくりさんでもやらなきゃならねぇんだが、なっ！」

そう言って、ゲオルグは大剣を振り、拮抗《きっこう》していた鬼人《オーガ》を吹き飛ばした。

鬼人《オーガ》の体は、よく似ていると言われるゲオルグのそれよりもさらに一回り大きく、その体についている筋肉の量も同様だ。

それだけに、その剛力はゲオルグのものを上回っているはずなのだが、だからと言ってゲオルグは力負けしない。

そこは色々と方法があるのだ。

人間は、自分たちより遥かに強大な力を持つ存在である魔物に対抗するため、そのための技術を生み出し、磨いてきた。

今、ゲオルグの体には、不自然な光が纏われている。

それらはゲオルグの心臓の鼓動に合わせ、脈動し、発光していた。

人間の身に付けた、魔物に対抗する技術の一つ。

それはつまり、魔術。

数多くの種類があるそれのうち、ゲオルグは自らの体を直接強化する、身体強化魔術を主に使用していた。

これは、非常に単純ながら、大きな威力を発揮するものである。

たとえば、先ほどのように、自らよりも大きな力を持つものと真正面からやりあえる力を手に入れることすらも可能とする。

ゲオルグは自らの体にかかっている身体強化の効力がまだ続いているのを確認し、鬼人《オーガ》に向かって地を蹴った。

しかし、吹き飛ばされた鬼人《オーガ》の方も、すでに体勢を整えていて、ゲオルグを迎え撃つ態勢になっていた。

客観的に見れば、ゲオルグと鬼人《オーガ》の実力は、今のところ、拮抗しているように見える。

しかし、鬼人《オーガ》はあくまでもC級の魔物である。

そもそもB級でもベテランと言われるゲオルグにとって、さほどの強敵ではない。

十分な余裕があるのだ。

もちろん、油断すれば負ける可能性もないわけではないが、今のゲオルグにそれはない。

それに、

「後ろで後輩が見てるんだからな……かっこ悪いところは、見せられねぇ！」

そう言って大剣を振り上げたゲオルグ。

鬼人《オーガ》はそれを視認し、先ほどのように、その拳でもって受け止めようとした。

鬼人《オーガ》の体皮は固く、生きている個体のそれは金属にも比肩すると言われている。

だから、その鬼人《オーガ》の行動は一般的には正しいものだったと言える。

しかしそれはあくまで、ゲオルグの実力を考慮しなければの話だ。

結果として、鬼人《オーガ》の意識は、ゲオルグがその大剣を振り下ろしたところで完全に消える。

その理由は至極簡単なものであった。

ゲオルグが振り下ろした剣は、鬼人《オーガ》の体を脳天からそのまま二つに割ってしまったのだ。

◆◇◆◇◆

「……嬢ちゃん。大丈夫か？」

ゲオルグは鬼人《オーガ》が完全に沈黙したのを確認すると、改めて振り返り、座り込む魔術師らしき少女にそう尋ねる。

少女は完全に腰が抜けてしまっているようで、立ち上がることが出来ないようだった。

あれほどの命の危機に瀕《ひん》していたのだから、さもありなんという感じである。

ただ、会話できないというわけではないようだ。

未だ緊張の抜けない様子ではあったが、少女は口を開く。

「……だ、大丈夫です。助けていただけたので……。本当に、危ないところを、ありがとうございました。貴方がいなければ、私も、皆も死んでいました……」

殊勝な様子で頭を下げてそう言った少女に、ゲオルグは笑って言う。

「なんだよ、馬車のときみたいに普通に話してくれよな。俺は別にそんな大層なことをしたわけじゃねぇんだ」

あのときは、確か敬語じゃなかったよな、と思っての台詞だった。

あのときとは、もちろん、酔い止めの薬をくれたときのことである。

しかし、少女はそれに対して、首を振った。

「いえ、だって、命の恩人に向かって、失礼な口は利けません……」

どうやら礼儀を気にしているようだが、そんなものはゲオルグにだってほとんどない。

せいぜい、貴族と話すときは自己防衛のために敬語を使うくらいだ。

冒険者同士なら、そんなもの気にする必要はない。

それに他にも理由はある。

ゲオルグは、

「今回は確かに俺が助けたかもしれねぇが、そのうち逆の立場になることだってあるかもしれねぇ。冒険者ってのはそんなもんだぜ、嬢ちゃん。だから気にすんなって」

ぽん、と軽く肩を叩いてそう言った。

すると、少女はびっくりしたような顔でゲオルグの手を見、それからぽろぽろと大粒の涙を流し、泣き始めた。

「……そ、そん……そんなことっ……ぜったいにないです……だって、私たちはこんなに弱くて、貴方はあの鬼人《オーガ》を一撃で倒せるくらいつよくて……あんなふうになんて、私、なれないよっ……!!」

思いがけない突然の涙に、ゲオルグは中年の親父《おやじ》らしく、慌てる。

若い女を泣かせたことが今まで全くなかったと言えば嘘《うそ》になるが、そういうのとは違う、純粋な涙に対する対応をゲオルグは身に付けていなかった。

どうしたものか分からず、先ほどまで余裕で鬼人《オーガ》と相対していた冒険者とは思えないほどにおろおろとして、はっと何かを思いついたかのように、言う。

「い、いや……嬢ちゃん、その、なんだ、そんなことはないぞ。俺だって、今でこそこうだが、嬢ちゃんくらいの年頃のときは大したことなかったんだからな……嬢ちゃんは今……十五、六か?」

「……十四です……」

よりによって、その年齢かと思ったゲオルグである。

自分が十四のときなんて一番思い出したくないからだ。

しかし、慰めるためには口を開くしかない。

自分の娘でもおかしくないくらいの年齢の少女でも、女を泣かせた男はそれなりの責任というものをとらなければならないと思っているからだ。

それは、あの女師匠の教えでもあった。

「そうかよ……だったら余計に立派だぜ。俺が十四のときなんか、まだ修行中の身だったからな。

剣も魔術もへっぽこのへっぽこ。魔物に遭えばとりあえず逃げてたくらいだぜ。それに比べりゃあ、なぁ？」

じゃなければ死んでたからな、とまでは言わない。

あの危険地帯で、ゲオルグは戦わずにとにかく気配を隠し、身を隠して魔物と相対しない方策をとったのである。

幸い、というか、間違いなく師匠の計画通りなのだが、あの頃はそういった技能ばかり妙に特化して鍛えられていた。

戦うとかなんとか言う前にとにかく死なないのが第一、ということで合理的だったと今にして思うが、結構なトラウマだ。

そんなゲオルグの告白に、少女は驚いた顔をして、

「貴方が……そんな、だって、こんなに強いのに……」

「おいおい、確かに俺は強いがな……ここは笑うところだぜ。冗談はさておき、当然、昔からこうだったわけじゃねぇ。毎日修行を繰り返して、何年、何十年と戦い続けてこうなれただけだ。そもそも、俺は才能はない方だったからな……十四くらいまではひょろひょろの村人だったし」

「えっ……？」

まるでそんなわけない、初めから貴方はその体とその腕力で生まれてきたんじゃなかったの、とでも言いたげな視線だった。

しかしそれこそありえない話である。

ゲオルグは言う。

「嬢ちゃん……俺は鬼人《オーガ》じゃねぇんだぜ？　生まれたときは普通の人間だったし、若い頃はそこで転がってる奴らみたいだったこともあるんだ……」

言われて、少女は後ろで気絶している自分のパーティーメンバーを見る。

ゲオルグの見る限り、彼らは本当に気絶しているだけだ。

深刻な怪我を負っている者はいない。

もちろんそのまま傷などを放置しておけば病気などにかかって危険だろうが、そのために必要な処置くらいは、ゲオルグにも出来る。

話していくうち、徐々に少女が落ち着きつつあったので、ゲオルグは倒れている少女の仲間たちに近寄り、腰に下げた拡張袋《ヘルフ・ポーチ》から薬品類を取り出す。

ゲオルグの持つこの拡張袋《ヘルフ・ポーチ》は内部空間を空間魔術によって広げている魔道具であり、収納袋とか無限収納とも呼ばれているものだ。

そのため、見かけからは想像できないほどの数のものが入るし、袋の口の大きさにそぐわない大きさのものを入れることも出来る。

もちろん、製品であるから作る職人によって性能は異なってくる。

ただ、ゲオルグのこれはゲオルグの師にあたる二人が、その持てる技術のすべてを注ぎ込んで作って贈ってくれた最高級品なので、一般的なものと比べてかなりえげつない収納力を持っている。

見かけは至極普通に見えるため、誰にも目をつけられてはいないのが救いだ。

取り出した薬品類は、外傷の治癒と、魔力の回復を目的としたものである。

小さな瓶に入れられた、水色と黄色のそれを、四つずつ取り出し、まず少女に一つずつ渡す。

「体力と魔力の回復薬だ。嬢ちゃんも飲みな……まぁ、色々と苦しい時期なのは、分かる。まだ駆け出しだろう？　だが、こつこつやっていけば、必ず強くなれる。だから頑張れよ」

と、かなり月並みな慰めの言葉だった。

少女はそれを真面目な顔で聞き、それからゲオルグに尋ねた。

「……本当にそう、思いますか？」

この質問は、ゲオルグの耳にはひどく重く感じられた。

なぜなら、少女に何と答えるかによって、少女の人生が変わってしまうような、そんな類の質問に感じられたからだ。

しかし、答えないということは出来ない。

この少女とは今回初めて言葉を交わしたが、こうやって関わりを持った同僚であり、後輩である。その人生に少しでも希望を与えてやりたい、と思うのは、先にある程度、道を歩いた者の義務ではないだろうか。

そう思ったからだ。

ゲオルグは、未だ意識のない少年少女たちの口に水薬を少しずつ注ぎ込みながら、ゆっくりと口を開き、言う。

「思うさ……そうだな、いい冒険者には条件がある。それが何か、分かるか？」

「……強いこと、でしょうか？」

「それは間違いでもないが、正解でもない」

「じゃあ……」

「……簡単だよ。いい冒険者はな、仲間を見捨てないんだ。そして最後まで、諦めない。出来ることがあるうちは、戦う。そういうもんだ……こいつらを見れば、分かるさ。嬢ちゃんには、それが出来ていた。そうだろう？」

ゲオルグがそう言ったとき、少女ははっとした顔する。

その顔に、どうやら心当たりがあったようだ、とゲオルグは安堵する。

もし間違っていたら、どんなフォローをすればいいかと思っていたからだ。

そんな動揺をおくびにも出さず、ゲオルグは続けた。

「……そういうことだぜ。結果として嬢ちゃんも、こいつらも生きている。これから先、まだまだやっていける。なぁ、嬢ちゃん。冒険者ってやつは、面白いんだぜ。いろんなところで、いろんな景色が見れるんだ。誰かのために戦うことも出来るし、誰も見たことがないものを見ることも出来る。俺は一人だが……嬢ちゃんはこいつらとそういうことがしたくて、冒険者になったんじゃねぇか？　だったら、出来る出来ないじゃない。やろうぜ。大事なのは、ここよ」

そう言って、ゲオルグは自分の胸を叩く。

それから改めて少女の顔を見つめたゲオルグ。

すると、少女の涙はいつの間にか止まっていて、ゲオルグの言葉に深く、何度も頷いていたのだった。

◆◇◆◇◆

「ありがとうございました！」

迷宮の入り口から外に出ると同時にそう言ったのは、ゲオルグが助けた魔術師の少女の属するパーティーの面々である。

あれから、気絶している彼らが目覚めるまで、少しの間少女と話し込み、彼女たちが冒険者になった経緯などを聞いたのだが、幼馴染《おさなな じみ》同士で作ったパーティーらしい。

村人が食い詰めて、破れかぶれに冒険者になる例は少なくないのでそれほど不思議には思わなかったが、詳しく聞いているうち、彼女たちはかなり恵まれている方なのだと分かった。

彼らの実家がある村は特に困窮しているわけではなく、また彼女たちははっきり明言されてはいなかったとは言え、親から認められて出てきたに等しいらしいからだ。

自身の身の上を思い、少し羨ましいな、と思わないではなかったゲオルグである。

けれど、そんなゲオルグですら、あそこで師匠に拾ってもらっただけ、恵まれているのだ。

他人を羨んでばかりいるのはよろしくないなと、そのことについてはこれ以上は考えないことにした。

彼らが全員気絶から目覚めた後、これからどうするつもりなのか尋ねたが、このまま探索を続けたいと言ったので、やんわりと今日のところは戻るように忠告した。

薬品類によって体力も魔力も回復して、体自体は問題ないだろうが、あれだけのことがあったのだ。

精神的にはまだショックから抜けられていないようにゲオルグには思え、そんな状態で迷宮探索などしてもいい結果は望めないと思った。

しかし、そう思いながらも、もしかしたら、うるさい先輩の小言のように聞こえているかもしれないな、と危惧したのだが、彼らは意外にも素直に忠告を受け入れた。

魔術師の少女が、先ほどいかに危機的状況にある自分たちをゲオルグが救ってくれたのか、かなり華々しく語ってくれたのが功を奏したらしい。

途中、「いや、流石にもっと地味だったと思うぜ」とか言おうと思ったゲオルグだったが、少女のあまりの熱の入りように、止めどころを見失った。

結果として、妙に慕われてしまい、今度稽古をつけてくれ、と頼まれるまでになってしまった。

「お前が新人に話しかけたら速攻泣かれるぞ」

と言われ続けて十数年にして、初めての出来事に戸惑いきりだったが、悪い気はしない。

暇なときならいいぜ、と言っておいた。

ちなみに、彼らがどうして鬼人《オーガ》などと相対する羽目になったのか、その経緯も尋ねた。

彼らの話によると、迷宮探索中、赤みがかった緑小鬼《ゴブリン》を見つけたので、いい獲物を見つけたと思い、それを追いかけたらその先に鬼人《オーガ》がいた、ということだった。

赤みがかった緑小鬼《ゴブリン》というと、赤小鬼《レッドキャップ》と呼ばれる上位種がまず、ゲオルグの頭に思い浮かぶ。

これは、緑小鬼《ゴブリン》よりも強力な魔物で、全体的な印象はよく似ているが、その体色が大きく異なることで知られた魔物だ。

名前の通り、かなり赤く、可能性は低いが、これに出会ったのではないか、と思った。

しかし、詳しく聞いていくと、彼らが会った個体は、赤みがかった、と言ってもオレンジに近い色をしていたらしい。

これは赤小鬼《レッドキャップ》の体色とは異なる。

そもそも、この【凬王の墳墓】において、赤小鬼《レッドキャップ》は確認されておらず、見つけたとすればこれは珍しい発見になる。

その可能性はそもそも低いと思っていて、やはり違ったか、という感じだった。

では、彼らが出会ったのは何なのか。

これについては、彼らが話してくれたことから推測して、おそらくはこうではないか、という答えに辿り着く。

その赤みがかった緑小鬼《ゴブリン》は、彼らの追跡から逃亡し、最終的に鬼人《オーガ》の足に抱き着いた、ということであったからだ。

こういう行動に出るのは、魔物に限らず、生き物であれば大体が同じだ。

つまりは、彼らが目撃したのは鬼人《オーガ》の幼生体だったのではないか、ということだ。

魔物とは言え、その基本的な生態は通常生物のそれと変わらず、繁殖も普通に行われる。

だから魔物の幼生体というのも普通に存在している。

ただ、迷宮内部においては、そうではないことが多い。

迷宮では、魔物はそのほとんどが成体であり、それは、迷宮がどこかから魔物を召喚しているからだとか、迷宮それ自体が魔物を作り出しているからだとか色々な説が唱えられているが、正解が何なのかはまだ分かっていない。

しかし、それだけに迷宮に魔物の幼生体が現れるのは稀だ。

これは、それなりに問題であるので、しっかりと冒険者組合《ギルド》に報告しなければならないな、と思ったゲオルグであった。

幸い、依頼で指定された時間ももうそろそろ過ぎる。

魔術師の少女、カレンたちのパーティーを迷宮入り口まで送って、それで今日の仕事は終わりだ、と決めた。

実際、迷宮入り口に到着すると、ちょうどいい時間になっていて、遠くに沈む夕日が見えた。

出てきたゲオルグたちを、冒険者組合《ギルド》の職員が出迎えて、無事に帰ってきたことを喜んでくれた。

ゲオルグは、職員に依頼の報告を行う。

その後、依頼終了の許可を求めた。

「……今日のところはここまで、ってことでいいか？　まだ迷宮内に誰か残ってるなら捜してくるが」

別に制限があるわけではないが、低ランク冒険者が迷宮探索をするときは、夕方、日が沈むまでには迷宮外に出るように勧められる。

それは、日が落ちると魔物が普段よりも強力なものになるため、危険であるからこそだった。

これを破っても特に罰則はないのだが、死にたくないなら従うべきとされているし、多くの低ランク冒険者はこれに従う。

それでも迷宮内部に残っている者は、自主的にならともかく、出てこられなくなっている可能性もあり、ゲオルグの言葉は、そういうことを危惧してのものだった。

これに職員は首を振り、

「いえ、大丈夫です。確認している限り、今日ここに入った低ランク冒険者は彼らで最後ですよ」

と、ゲオルグに挨拶した後、先に馬車乗り場まで向かっているカレンたちのパーティーの後ろ姿を見ながら言った。

朝から晩まで、こうやって見張りをして大変だな、と思うが、彼ら職員がこういうことをやり始めてから新人の死亡率はかなり下がっており、重要な仕事である。

「なら、俺も戻ろうと思うが……」

「ええ、構いません。今日は一日本当にありがとうございます。先に出てきた冒険者たちからも、ゲオルグさん、評判がいいですよ。危ないところを助けてもらった、とか、良いアドバイスをもらえた、とか、そんなことを話す新人がいつもより多くて。出来ればまたこの依頼を受けていただけると助かります」

ゲオルグも、別にカレンたちだけに時間を割いていたわけではない。

彼女たちを助けたのは、最後の方であり、それまでは迷宮の中を徘徊《はいかい》しつつ、低ランク冒険者を見つけると近づいて、挨拶したりを繰り返していたのだ。

その際、もちろん、危険なことがあれば助けたし、困っている様子であれば適切な助言を行ったりもした。

親切ではなく、それが仕事なのだから当然だ。

しかし、ゲオルグが近づくと、遠目にはやはり魔物か何かに見えるらしく、身構えられることが多かった。

ただ、話しかけると皆、緊張しつつも普通に対応してくれたので、自分の顔もそれほど怖くないのかもしれないという、妙な自信がつきつつあるゲオルグである。

「俺で役に立てるなら、また受けるぜ。今までこの手の依頼をあんまり受けなかったのは、怖がられるに決まってるだろうってみんなが言うからだったからなぁ」

しみじみと言うゲオルグに職員は少し吹き出し、

「その気持ちはすごくよく分かりますけど……ゲオルグさん、実際に話してみるとそれほどでもないですから。やっぱりぱっと見の見た目で損してますよね？　ベテラン冒険者らしくて迫力はあるんですが」

「顔だけは取り換えるってわけにはいかねぇからなぁ……」

レインズのような顔立ちならもっと怖がられないんだろうか。

ゲオルグがたまにそんな風に考えていることを、誰も責めることは出来ないだろう。

◆◇◆◇◆

アインズニールの街へは行きと同様、馬車で戻った。

帰りの馬車は何台かあって、残念ながらカレンたちとは別の馬車で戻ることになったが、カレンから別れるときに酔い止めをもらっていたので、必要ないのは分かっていたが、それを飲んだ。

彼女なりのお礼なのだろう。

迷宮を出るまで、助けてもらったこと、それにそこそこ値の張りそうな回復薬を惜しげもなく使わせてくれたことにひたすらお礼を言ってくれ、回復薬については実費を請求してほしいとまで言っていたが、正直言ってその必要は全くない。

仕事だったからやったことだ、というのはもちろんあるが、回復薬については錬金術の基本である。

つまりは、ゲオルグ手製のものだ。

実費というと、自ら採取した薬草と、詰めた瓶の価格ということになるだろうが、新人冒険者からわざわざ回収するのは悲しくなってくるほど安い。

具体的にいうと、エール一杯にも満たないだろう。

だから、かっこつけて、

「どうしても払いたいってんだったら、お前らが一人前の冒険者になったと胸を張って言えるときが来たとき、俺に一杯奢《おご》ってくれ。それでいい」

と言っておいた。

流石にかっこつけすぎたか、この顔で、と思ったが、カレンたちは何か感動したような顔で、近いうちに必ず、と言ってくれたので大丈夫だったはずだ。

それに、そんな日もそれほど遠くはなさそうだ。

ゲオルグが見る限り、彼らには才能がありそうだし、一年の間、こつこつと修行を続けられた根気もある。

飽きっぽく、功名心を抑えきれずにいきなり冒険者になって迷宮に突っ込んでいくような無謀な奴らではなかった。

いずれ頭角を現す日も来るだろう。

ゲオルグはアインズニールの街に辿り着くと、まず、冒険者組合《ギルド》に向かった。

依頼完遂の報告と、カレンたちの出会った鬼人《オーガ》の幼生体と思しき存在についての報告のためである。

ゲオルグの報告を受けたのは、新人冒険者組合《ギルド》職員マリナであった。

朝は受注受付の方に座ってたはずだが……？

ゲオルグがそんな顔をしていたのをマリナは読み取ったらしい。

「新人ですから。朝は受注受付、夜は報告受付の方に座って、万遍なく業務を担当するようにしてるんですすよ……それで、ゲオルグさん、依頼の方はやっぱり問題なかったでしょう？」

言われて、そう言えば今回の依頼を勧めたのはマリナだったなと思い出し、ゲオルグは言う。

「あぁ。あんたの言った通りだったたな。中々いい依頼を紹介してもらった」

「やっぱり」

ゲオルグの言葉に、胸を張るマリナ。

新人らしからぬ膨らみが主張しており、その瞬間周囲の冒険者が妙にざわめくが、ゲオルグは無反応だった。

流石に、それくらいで盛り上がれるほど若くない。

「依頼自体はな。ただ、ちょっと気になることがあった。新人が迷宮で鬼人《オーガ》の幼生体らしきものに出会ったようでな。もしかしたら、浅層で鬼人《オーガ》が繁殖してる可能性がある。そもそも、あれくらいのところに鬼人《オーガ》が出るなんて珍しい話だ」

全くありえないことではないが、鬼人《オーガ》は本来【凬王の墳墓】に出るのであれば、もう少し奥の層で出現するはずである。

それなのに、主に低ランク冒険者が探索するような区域に現れたというのは看過できないことだ。

全くのイレギュラーで、あれが特別な場合だったというのなら構わないのだが、あの鬼人《オーガ》は幼生体を連れていた。

浅層でそのような事実があり、そして鬼人《オーガ》の巣がある可能性が考えられるというのは、冒険者組合《ギルド》としても知っておくべき情報だ。

マリナも新人であってもそのことは分かっているようで、真剣な表情で、

「……それが事実であれば、あの迷宮は一時、封鎖する必要がありますね……。その新人は？」

「カレンっていう若い魔術師のいるパーティーだ。鬼人《オーガ》に襲われていたが、俺が助けた。五体満足にしてる。一応、俺が大まかな話を聞いておいたが、もっと詳しく聞きたいなら直接聞け」

「そうさせていただきます。ただ、明日は【風王の墳墓】は封鎖するほかなさそうですね。調査が必要ですし……ところでゲオルグさん。実際に鬼人《オーガ》の巣が見つかったときは、その掃討のために依頼が出ることになると思います。そのときは、協力していただけますか？」

鬼人《オーガ》はC級の魔物であるが、その中でも比較的強力なものだ。

B級のゲオルグだからこそ、容易《たやす》く倒すことが出来たのであって、適正ランクとされるC級冒険者ではあれほど鮮やかに倒すことは出来ない。

そして、アインズニールの街にいる冒険者の中で、B級というのは最上位。

それほど数がおらず、受けられる依頼にも限りがある。

仮に鬼人《オーガ》の巣が迷宮にあり、それを駆除することが重要であっても、C級冒険者で対応できることであると規定上判断されるため、容易に強制依頼には出来ない。

さらに、これは新人のために、という色彩の濃い依頼であり、報酬もおそらくB級にとって魅力的なものにはならない。

そんな中、この依頼を受けるように強制するのは不可能に近い。

だからこそ、マリナはこういう言い方をしたのだ。

普通のB級冒険者なら、こういうとき、即断を避けた言い方をする。

気が向いたら、とか、どうしようもないときには、とかそういう言い方を。

しかし、ゲオルグは違った。

ゲオルグはマリナに言う。

「あぁ。もちろんだぜ。もし依頼が出たら言ってくれ。レインズでも引っ張ってきて一緒に受けることにするからよ」

ここにいないのに、勝手に受けることにされた同僚はたまったものではないだろうが、逆にゲオルグがよく分からない依頼にいきなり付き合わされたことも何度もあるのだ。

これくらいは許されて然るべきである、とゲオルグは思った。

そして、このゲオルグの言葉に、マリナは感謝の表情を浮かべ、

「ぜひ、よろしくお願いします。レインズさんにもよろしく言っておいてください」

そう言って笑った。

第二章 古馴染

The underdog middle-aged adventurer lives his life to the fullest today as well.

ゲオルグは歩く。

目的の場所に向かって。

それはつまり、あの少女に言われた孤児院だ。

迷うことのない足取りで進み、そしてゲオルグは辿《たど》り着いた。

ゲオルグの目の前にあるのは、質素だが、かなり頑丈に作られている建物で、ここにある限り、いつまでも中で生活する子供たちを守るのだろうという感じを受ける。

隣には、同じ設計者からなるものだろう、荘厳な佇《たたず》まいの建物があった。

こちらは教会だ。

神々に祈り、世の安寧を願う信徒たちが集う休息所。

孤児院は、この教会が教義に従い、各地で運営しているもので、その責任者は聖職者であることが多い。

今、ゲオルグの目の前にある孤児院もまた、教会の修道女が責任者だ。

ゲオルグはとりあえず、目の前にある扉を軽く叩《たた》いてみる。

しかし、反応がない。

仕方なく中を覗《のぞ》くが、どうやら修道女は不在のようだった。

だからといって、勝手に侵入するのは流石《さすが》に気が引ける。

そのため、しばらく、きょろきょろと入り口で誰かが来ないかと待っていると、十歳ほどだろう、と思《おぼ》しき少年がこちらに向かって歩いてきた。

少年はゲオルグの顔を見て、一瞬びくりとしたが、どうやら見覚えがあったらしい。

「……おじさんって、もしかしてゲオルグ？」

そう尋ねてきた。

名前を知っているのはともかく、ゲオルグは自分の顔を見ても大して驚かない子供の存在を珍しく思いつつ、頷《うなず》く。

「あぁ……そうだ。良く知ってるな、坊主」

「そりゃあ、そうだよ！　だってゲオルグって言ったら、アインズニールでも指折りの冒険者じゃないか！　まさか会えるなんて！」

アインズニールではB級冒険者が最上位である。

指折りと言っても確かに間違いではないが、そこまで喜ばれるほどの有名人というわけでもない。

というか、仮に多少名前が知られているとしても、間違っても子供が会って喜ぶような存在ではない。

顔が顔だ。

街中で鬼人《オーガ》に会って喜ぶ子供が一体どこにいるというのだ。

しかし、その稀有《けう》な例外が目の前にいるのも事実である。

普通なら確実に泣かれているところだ。

この孤児院で初めて出会ったのが他の子供ではなく、この少年で良かったと心から思ったゲオルグだった。

「おいおい……そんなに喜ばれたのは初めてだぜ。お前、俺が怖くないのか？」

心の準備もなくこの顔を見て泣きださない子供はいないぜ、そんな意味を込めた台詞《せりふ》である。

少年はこの言葉に、かなり心当たりがあるような表情を浮かべる。

しかし、それでも彼は首を横に振って、

「怖くなんてないさ！　冒険者ゲオルグは亜竜を倒したんだ。そんなこと出来る冒険者は、アインズニールじゃゲオルグただ一人なんだから！」

と意外なことを言った。

ここのところ、どこかで誰かが噂《うわさ》を流してるんじゃないかというくらい、その情報について触れられるが、そもそも大して有名ではない話だ。

本来確かに亜竜を倒した、なんてことになればかなりの自慢になるが、冒険者組合長《ギルドマスター》には、自分が倒したとは言い難いからあまり広めるなと当時言っておいたからだ。

それでも正規の手段で調べられれば分かってしまうことはマリナの件で証明されているが、しかし孤児院の子供にまで知られているとは……。

「……坊主。それは間違いでもないが、正しくもないぜ。あれは俺の前に亜竜をほとんど行動不能の状態にしてくれた冒険者がいたから、やれただけだ。本当に亜竜を倒したのは……その冒険者たちなんだ。止《とど》めは、俺じゃなくても刺せたさ」

実際、そうである。

ゲオルグが仮に真剣に戦った場合、無傷の亜竜を倒せるのかどうかは正直分からない。

けれど、あのとき倒せたのは、間違いなく、自分の力ではなかった。

亜竜と戦い、そして散った冒険者たちの努力があって、初めて出来たことなのだ。

だから、はっきりとそう言った。

流石に死体となって転がっていたとは子供には言えないが……。

もちろん、子供だからと嘘《うそ》をつくことも出来ただろうが、ゲオルグは決して、あの冒険者たちの努力をなかったことにはしたくなかった。

たとえ、この、どうしてかゲオルグに憧れているような視線を向ける少年が、落胆したとしてもだ。

そう思ったゲオルグだったが、少年は意外なことに、少し目を見開いた後、

「……やっぱり、冒険者ゲオルグは偉大な人だと思うよ」

と、ひどく穏やかで優しげな声で呟《つぶや》いた。

「……あ?」

「ううん、何でもない。ところで今日はどうしてここに?」

そう言って、少年は話を大きくずらした。

不思議に思ったが、少年の憧れについて特に深く理由を尋ねなくてもいいだろうと、ゲオルグは

自分の訪問の目的を言う。

「あぁ、そうだった。ここに女冒険者が来てねぇか？　十六、七の娘だ。そいつに呼ばれてな。名前は確か……セシル、って言ったと思うが……」

記憶力が減衰しかけている頭で、ぶん殴られたときのことを一生懸命思い出してやっと出てきた名前である。

それを聞いた少年は、あぁ、という顔で頷き、

「セシル姉ちゃんなら礼拝堂にいるよ。呼んでこようか？」

「いや、迷惑でなければ俺が行くぜ」

「迷惑？」

「……言わせんなよ。ここは孤児院だろ？　お前はよっぽど度胸が据わってるのか平気みたいだが、他の子供が見たら泣くだろう」

自分の顔を指で示しながら言うゲオルグである。

少し切ない。

少年もゲオルグが何を言いたいのかはそれで理解したらしい。

「あー……流石に僕ぐらいの年ならもういきなり泣きはしないと思うけど、もっと小さい子は分かんないな……。先に行って、皆に注意しとくよ。鬼が来たってさ」

そう言って、少年は走って孤児院の奥に消えていった。

その背中を眺めながらゲオルグは思う。

鬼って。

自覚しているが、改めて子供から言われるとちょっぴり落ち込むゲオルグである。

とはいえ、これで中に入る許可は得たと言っていいだろう。

ゲオルグは、孤児院の中に足を踏み入れ、廊下を歩き始めた。

◆◇◆◇◆

しばらく歩くと、左側の壁についている扉の一つが開く。

そしてそこから、一人の老女が現れた。

格好を見れば明らかに修道女である。

この孤児院を任されている責任者だ。

普通ならば、この状況でそんな人物と突然出くわしたら驚くか慌てるところだが、ゲオルグも、そしてその修道女も全くそんな感情を抱かなかった。

それどころか、修道女の方はゲオルグを見て、にっこりと微笑《ほほえ》みかける。

「あら、ゲオルグ。こんな時間にいらっしゃるなんて、珍しいですわね。いつも、貴方《あなた》がここに足を向けるのは皆が寝静まってからだというのに……」

ゲオルグの方も、修道女に、客観的には威嚇しているように見える笑顔を向け、言った。

「婆《ばあ》さん。しばらくぶりだな。今日はちょっと、セシルって冒険者に招かれたんだ……こんな昼間っから来るつもりなんてなかったんだが、断るのもおかしいしよ」

「……婆さんはやめろと言っているでしょうに。しかし、セシルにですか、なるほど。それにしても、遠慮せずにいつでも来なさいと会うたびに申し上げているではありませんか。この孤児院がこうして経営できているのも、ゲオルグが多額の寄付をしてくれるお陰なんですから」

と、他の冒険者が聞けば驚くようなことを言う。

そしてそれは事実だった。

ゲオルグは、かなり前からこの孤児院に寄付を続けている。

これが、セシルから待ち合わせ場所としてこの孤児院を指定されたとき、少し驚いた理由だ。

ちなみに寄付のための資金は主に、細工物を売却したときの利益から出ている。

生活費は冒険者としての稼ぎから出しているから、それで全く問題がないのだ。

だから、この孤児院に来たのも初めてではない。

ただ、いつも、必ず子供たちが寝静まった夜に、ひっそりを身を隠してやってきているため、ゲオルグの顔をこの孤児院の子供は誰一人知らない。

別に、彼らに慕われたくてやっているわけではないから、これでいいと思っている。

しかし、そのことをこの修道女——カタリナは少し寂しく思っているようで、昼間にも来て、子供たちと触れ合うように言うことが多い。

その言い分についてはは分からないでもないが、やはり、自分が訪ねてきては、子供たちが驚き、怯《おび》えるだろうと遠慮していたゲオルグである。

ただ、今日はその遠慮を少しばかり緩めて来てみた。

最近、あまり怖くはない、と言われることが増えてきたことが、ゲオルグにこの時間帯にこの孤児院に来る勇気を与えたのだった。

もちろん、セシルからここを指定されなければ来ることもなかっただろうが。

自分にここに来る資格があるとは、今でもあまり思えていないゲオルグであった。

「寄付は俺がしたくてしてることだからな。別に子供に好かれたくてしてるわけじゃねぇんだ……ところで、礼拝堂ってのはあっちで良かったよな？　セシルはそこにいるって、さっき目端の利きそうな坊主が言ってたんだが」

その表現で、カタリナには誰のことか分かったらしい。

「あぁ、トリスタンですね。確かに目端は利くのですが、少しせっかちというか……案内もせずに置いていったようで。あとで少し言い聞かせなければ……」

少しだけ据わった目になったカタリナに、ゲオルグはまずいことを言ってしまったか、と思い、心の中で後で絞られるのだろうトリスタン少年に謝罪をする。

「ま、まぁ、あんまり強く言う必要はないと思うぜ。置いてったのも俺に気を遣ってくれたからだしな」

出来る限り、トリスタン少年の負担を減らすべく弁護する。

自分の強面《こわもて》で驚く子供がいるはずだから、注意してくれるつもりなのだということも含めて。

するとカタリナは顔を和らげて、

「そういうことでしたか……。でしたら、良いのです。私の方が早とちりでしたわね……おっと、少し話し込みすぎたようです。礼拝堂は確かにあちらで合ってますよ。少し進めば両開きの扉が見えると思いますので、すぐ分かります。私はこれから教会に参りますので、何かありましたらそちらの方に連絡なさいな。では……」

そう言って、カタリナは去っていった。

相変わらずマイペースで、彼女との会話でゲオルグが主導権を握れたことなど一度もない。

しかし、そういう人だからこそ、ゲオルグと長年付き合えているのかもしれなかった。

ゲオルグの昔からの知人はそれほど多くなく、そしてその誰もが、ゲオルグよりも一枚も二枚も上手の人だ。

カタリナもそのうちの一人であるのはもちろんんだ。

「……あの婆さんにはいつまでも頭が上がらなそうだぜ……」

カタリナの後ろ姿が完全に見えなくなってから、そうぽつりと呟いたゲオルグ。

魔物に対してはそれがどんなに強大な存在であっても決して怯えを見せないゲオルグだが、こういうことに関しては見かけの割に、かなり慎重で、肝が小さかった。

◆◇◆◇◆

カタリナの言う通り、その扉は分かりやすかった。

両開きの可愛《かわい》らしい扉である。

木製のもので、教典に書いてある説話をモデルにした浮彫が施されており、中々に凝った装飾であった。

やはり、礼拝堂に続く関係で、他の部分よりも多少、力が入っているのだろう。

扉を開くと、天窓から斜めに光がきらきらと差し込んでおり、その光の中で、子供たちがセシル、それにゲオルグに殴りかかってきた少年と一緒に遊んでいるのが見えた。

扉を開いた気配に気づいたらしく、セシルと少年がゲオルグの方を見たので、ゲオルグは軽く手を振る。

すると、二人揃《そろ》ってゲオルグの方に歩いてこようとしたが、少年の方は子供たちに両手を引っ張られてその試みに失敗していた。

セシルの方はうまいこと子供たちの関節技じみた拘束を解いて、軽い足取りでこちらに向かってくる。

「……よく来てくれた。私たちのわがままだというのに、わざわざ……」

深い感謝のこもったような視線をゲオルグに向け、そんなことを言うセシル。

ゲオルグとしては、もうそれだけで十分謝罪の気持ちは伝わった、という感じである。

子供たちにまとわりつかれている少年の方にしても、こちらをちらちらと見て気にしているようではあるが、冒険者組合《ギルド》で会ったときのような敵意は感じない。

行き違いがお互いにあったことを、セシルからすでに説明されているのだろう。

なら、問題ない、というのがゲオルグの感覚だった。

であれば、ゲオルグは、どうしてこんなところに来たのか。

それは、セシルの持っていた亜竜の鱗《うろこ》のことを詳しく聞きたいからに尽きる。

どうして、あれを持っていたのか。

どこかで拾ったのか、それともやはり、彼女かあの少年が今回の亜竜騒動の犯人なのか。

それを知りたかった。

別に怒鳴りつけて説教をしてやりたい、と思っているわけではないが、今回のことでかなり多くの人が迷惑を被っている。

もしもセシルたちが犯人であるのならば、その現実を理解し、今後このようなことがないように反省してもらいたかったのだ。

解決はおそらくはまだ駆け出しに近い彼女たちには出来ないだろうから、そこまで求める気はもちろんない。

後々A級冒険者が来ることが決まっているのだから、それはしなくていいというのもはっきりしている。

ゲオルグは言う。

「いいや、別にいい。それは、もう、な。あいつとのことはお互い様だ。すべて水に流そうぜ。ただ、一つだけ聞きたい。あの亜竜の鱗、どうやって手に入れたんだ？」

ゲオルグは、鋭い目でセシルを見つめる。

嘘を認めるつもりはない、と視線で語っていた。

◆◇◆◇◆

「どうやって手に入れた、とは……どういう意味だ？」

流石に、ゲオルグの視線に込められたものに、剣呑《けんのん》なものが含まれていることに気づいたようである
セシルは困惑した様子で首を傾《かし》げた。

この反応が、無知の故のものか、それとも、亜竜騒動に直接関わりがないためのものか、ゲオルグには判別しかねた。

しかし、セシルとは知り合って浅く、大したやり取りをしたわけではないが、それでも誠実な性格をしていることはここまでで十分に分かっている。

少なくとも大きな迷惑を他人にかけておいて、知らんぷりできるタイプではないだろう。

そう思ったゲオルグは遠まわしな聞き方をやめ、質問の意味を説明することにした。

「分かっててそう尋ねてるんならよっぽどだけどよ、あんたはそんなタイプじゃなさそうだもんな……」

「だから、どういう意味だ？」

「ここ数日の話だが、最近問題になってるんだよ。亜竜がフリーデ街道の方で暴れていてな。通行

が難しくなってて、新人冒険者や商人が困ってるって。聞いたことないか？」

ゲオルグの言葉に、セシルは目を見開いて、

「……全く知らなかった」

そう言った。

しかし、冒険者なら知らないということはないはずだが、とゲオルグが不思議に思って尋ねる。

「冒険者組合《ギルド》で依頼を受ければ気づくと思うんだが」

実際そうだ。

その話題でもちきり、とまでは言わないが、依頼を探してボードを見つめていれば、フリーデ街道の依頼が軒並み高ランク依頼になっていることが分かる。

受付でもフリーデ街道の現在の危険については説明される。

これに対してセシルは、

「いや……実のところ、私は貴方と出会った日から依頼は受けていないんだ。だから本当に全く気づかなかった。今日の朝は貴方を捜しに行っただけだしな」

なるほど、依頼を全く受けていないというのであれば、耳に入らないのも頷ける。

冒険者界隈《かいわい》ではかなり広まった話とは言え、まだ一般市民にはそれほど広がっている話ではないのだから。

ただ、食物など、フリーデ街道を通ってくる商品は徐々に在庫がなくなり、価格が上がりつつある。

今はまだその程度でも、ずっとこの状態が続けば、そのうちもっと大きな問題になってくるはずで、そうなればみんな気づくことだろう。

そうなれば、街をすべて巻き込んだ混乱が始まる可能性もある。

そのときのことを考えると恐ろしいな……と思いつつ、ゲオルグはセシルに言う。

「そうか……ま、そういうことなら仕方ねぇ。でもよ、これで、俺が何を言いたいか、分かっただろう？　亜竜のせいで街道が通行止めに近い状態になってる、そしてあんたはあの日、亜竜の鱗を売りに来た……」

「なるほどな、私が今回の騒動の原因だと言いたいわけか。……もしかしてあの日話しかけたのは？」

察しがいい……というほどでもないか。

流石にここまで言えば大抵の人間は察するだろう。

セシルも理解したようで、ゲオルグにそう尋ねる。

ゲオルグは頷き、答える。

「あぁ。あんたが亜竜の鱗を売ろうとしてたからだな。もし、あんたが亜竜にちょっかいをかけて問題を引き起こしたなら……忠告をしようと思った」

ゲオルグの言葉に、セシルは深く納得したようで、

「貴方は、皆のことをよく考えているのだな……」

としみじみ言った。

見かけでかなり誤解されがちなゲオルグは、こんな風に言われることがあまりなく、少し恥ずかしくなってくる。

「いや……そんなことはねぇよ」

そう言って首を横に振ったが、そんなゲオルグに、セシルは言う。

「人は見かけによらないとはこのことなのだろう……ただ、今回のことについては少し当てが外れたようだ。亜竜については私がちょっかいをかけたわけではない」

と、今回の騒動の原因ではないと否定する台詞だ。

となると、犯人はあちらの少年の方か、と思って、ゲオルグが子供たちにまとわりつかれている少年に目線を向けると、セシルはこれも首を振って否定する。

「……あいつでもない。いや、それは微妙か。あの亜竜の鱗を手に入れるにあたっては、少し話が長くなるんだ。あいつも一緒に語ってもらう必要があるな……おい！　アーサー！　こっちに来てくれ」

セシルがそう少年に向かって叫ぶと、少年はこちらを向いて頷いた後、周囲の子供たちに対して慌てた様子で言った。

「セシル！　分かった。ちょっとお前ら、頼むから離してくれって。これからあそこの二人と大事な話があるんだから」

しかし、子供たちは不満そうな表情である。

「今日は一日あそんでくれるって言った！」「大事な話って何？　私たちより大事？」「……あのオ

ニさんとお話しするの？」

などと言い募って、少年を離さない。

ちなみに子供たちのうちの一人から、非常にひどいことを言われたような気がしたゲオルグだが、聞かなかったことにして精神の平衡を保った。

少年——アーサーは、子供たちに続ける。

「みんなも大事だけど、お話も大事なんだよ……また明日も来るからさ、今日のところは頼むって」

そんな風に一生懸命頼み、さらにゲオルグに最初に応対してくれたトリスタン少年が、

「ほらほら、みんな、今日のところは僕と隠れんぼして遊ぼう。今日はシスター先生がいないからどこにでも隠れ放題だぜ」

と、悪い顔をして子供たちを悪の道に誘ったところで、やっと離してもらえていた。

それから子供たちはトリスタン少年に誘われるように礼拝堂から外に向かって走り出していく。

かなり鮮やかな手腕であり、ゲオルグは感心した。

ゲオルグが礼拝堂を出るときに横を通ったトリスタン少年に「悪いな」と言うと、トリスタンは、

「一つ貸しておくよ」と笑った。

将来、うまく社会を渡っていきそうな少年であるなと深く思う。

それから、三人、礼拝堂に取り残されたわけで、少し気まずい空気が流れる。

しかし、反対にむしろ、静かになって真面目に会話が出来る空気が出来たとも言えなくもない。

しばらく沈黙が続いたが、アーサーは、ゲオルグと改めて顔を合わせると、一瞬バツの悪そうな

顔を浮かべたが、すぐに首を振って、

「……おっさん、冒険者組合《ギルド》でのことは本当に悪かった。俺の早とちりだったたって、後でセシルに聞いたよ。どうか、許してくれないか。何なら、一発……いや、二発か。殴ってもらっても構わない……もちろん、本気でだ」

と深く頭を下げた。

これに、ゲオルグはアーサーの評価を上げる。

潔く自らの過ちを認めて謝ったのはもちろん、ゲオルグの顔と、そしてその腕の太さを見て、一発殴れ、と言える度胸は普通、中々持てないからだ。

ゲオルグは立ち上がり、少年に近づく。

そして、ばっ、と腕を上げた。

少年はそれにびくり、と肩をすくませたが、直後、少年に襲い掛かったのはゲオルグの拳ではなく、頭をがしがしと撫《な》でる大きな掌《てのひら》だった。

「……馬鹿なこと言うなよ。俺がお前を本気で殴ったら、そのまま天まで吹っ飛んでいくぜ？　大体、俺だって悪かったんだ。聞かなかったのか？　お前がいきりたって俺に向かってくるとき、俺が何も言うなとこの娘に視線を送ってたってことをよ」

セシルを示しながら、そう言ったゲオルグだった。

一瞬、あっけにとられたような顔でゲオルグを見たアーサーである。

それから、ゲオルグの話を改めて頭の中で咀嚼《そしゃく》してから、じとっとした視線をセシルに向けた。

「……なぁ、本当か？」

セシルはその恨みがましいような声に、平然と返答する。

腕を組んでふんぞり返っているような様子は、ものすごく堂々としていて悪びれない。

「本当だな」

アーサーはその言葉に、がっくりと来たようで、

「なんで初めからちゃんと説明しないんだよ……」

そう言ってセシルを責める。

しかしセシルは、

「そもそも、あの状況だけで殴りかかるような短慮の方が悪いだろう。普通は事情をちゃんと聞くぞ」

と正論を言ったので、アーサーは何も言えなくなってしまった。

二人の間の空気が、妙な具合になり始めたので、ゲオルグはそれを敏感に察知し、ことさらに明るく言う。

「ま、まぁ、二人とも。いいじゃねぇか。誤解が解けたってことでよ……。みんな悪かった、それで、な？」

しかし、これは藪蛇《やぶへび》だったらしい。

どうにか空気を良くしようとしたゲオルグにも、睨《にら》むような視線が二人から飛んできたからだ。

実際、全容を知れば分かることだが、ゲオルグも、もちろん悪いのだ。

だからこその反応であり、ゲオルグは、そんな時間が数秒続いたので、ううっ、と何とも言えない呻《うめ》き声が喉から出た。

どうしたらいいものか、分からなかったからだ。

ずっと、こんな状況が続けば、詳しい話も何も出来なかっただろう。

けれど、妙な空気にそのうち誰ともなく耐えきれなくなり、

「くっくっく……」

「ふふふ……」

「あはは……」

と、笑い出した。

それは徐々に大きくなり、そして最後には全員が目に涙を浮かべるほど大笑いしていた。

真面目な空気も何もあったものではないが、わだかまりはそれで完全になくなった、と言っていいだろう。

「はぁあ……全く。なんだかな。全部馬鹿馬鹿しくなってしまったぞ」

セシルがそう言えば、

「俺もだ……まぁ、冒険者組合《ギルド》でのことも冷静に考えると馬鹿馬鹿しい話だったぜ」

ゲオルグもそれに頷く。

「おい、俺は真剣にセシルを心配してあんなことしたんだ。馬鹿馬鹿しいなんて言うなよな……でも、まぁ……馬鹿馬鹿しいか。ははっ」

少し抗議したアーサー。

しかしすぐに首を振ってそう言った。

それからは、先ほどまでの気まずい空気は霧散し、和やかに会話が出来るようになった。

ゲオルグは、改めて、亜竜について尋ねる。

「……それで、本題なんだけどよ、いいか？」

「あぁ。私は構わない。アーサーもいいな？」

セシルが尋ねたのでアーサーも頷く。

「いいけど……なんだ、亜竜がどうしたんだ？」

と首を傾げた。

そういえば、アーサーには詳しい説明は何もしていない。

二度手間になったが、ゲオルグは面倒くさがらず、最初からすべて説明した。

すべてを聞き終えたアーサーは、

「おいおい……全部俺のせいって疑ってたのか？　それはひどい話だ。むしろ俺は頑張った方だと思うけどな」

と、言った。

これにゲオルグは、

「そうなのか？　詳しいことを聞かないと何とも言えないが、俺はずっと、お前ら二人が亜竜の巣をつついて今回のことが起こったと疑っていた。そういうわけじゃあ、ないんだな？」

と素直に尋ねる。

これにアーサーは心外そうな顔で、

「そんな人に迷惑かけそうなことしたりはしないって……そもそも、亜竜なんかとまともに戦って勝てるわけないんだからそんなことしないさ」

一瞬、妙に、まとも、という部分に力がこもっていた気がしたが、深い意味はないだろうとゲオルグは流す。

アーサーは続けた。

「ただ、確かに亜竜と出くわしたのは本当のことだよ。俺はまだなれてないけど……冒険者になろうと思って、今まで住んでいたとこから出てきて、アインズニールに向かってたんだけど、その途中で色々あってさ。セシルともそのとき会ったんだ」

てっきり、アーサーは駆け出しの新人冒険者かと思っていたが、まだ冒険者ですらないらしい。

だからあのときセシルが亜竜の鱗を売却していたわけだ。

しかし、それにしても不思議な話だった。

アーサーは、亜竜を倒そう、などという頭の悪い新人のようなことは考えていなかったにしろ、実際に亜竜と相対はしているようである。

それなのに、五体満足でここにいる。

「……よく生きてたな。やっぱりお前は……何か武術か魔術でも身に付けているのか？」

もしアーサーがただの村人だというのならそれはあまりない話だろうが、騎士や貴族の家の出ならばその可能性もある。

十分な修行を積んだ上でなら、直接亜竜と戦って勝利を収めるのは難しいとしても、逃げるくらいは可能だ。

そう思っての質問だった。

アーサーはこれに、

「まぁ、ちょっとは。でも大したことない」

と答えたので、ゲオルグは、

「おいおい、俺はその大したことない奴《やつ》にあんなに鮮やかに吹っ飛ばされたのか？」

と返す。

あれは確実に何かされたからこその出来事だった。

油断は、ゲオルグには一切なかったのだから。

実際、アーサーはこのゲオルグの台詞に少し焦ったように、

「いや、あの、それは……なんていうかな、偶然、みたいなもんなんだよ……」

とひどく歯切れの悪い台詞を言う。

これは何か隠しているな、と感じたゲオルグだった。

もっと詳しく聞きたい衝動に駆られたが、今は亜竜の話の方が重要だ。

あのときのことはとりあえず置いておき、まずは亜竜のことをもっと詳しく聞こうと尋ねる。

「まぁ、それはいいか。それで？　亜竜とはどうやって出会った？」

これにアーサーは、少し考えて話し始める。

◆◇◆◇◆

「どこから話したらいいんだか分からないけど、俺がアインズニールに向かって進んでたことは話したよな」

アーサーがそう言ったので、ゲオルグは頷く。

「あぁ。当たり前の話だが、フリーデ街道をってことでいいんだよな？　それと、徒歩でか？」

「フリーデ街道をってのはその通りだ。徒歩っていうのもな。途中までは行商人の馬車に乗せてもらってたんだけど、アインズニールまであと少しってところで下ろされてしまって……。もともと、そこまでしか行かないって話だったから、仕方なかったんだけどな。一応、宿場町で下ろされたから、他に乗せてもらえる馬車がないか探したんだけど、とてつもなく運が悪かった。一台もなくて……仕方なく、歩くことにしたんだ。遠いけど、無理な距離でもなさそうだったからさ」

このアーサーの言葉に、一体どこから歩いてきたのかと尋ねれば、確かにアインズニールにほど近い宿場町からだということだった。

ただ、いくら近いとはいえ、わざわざ歩くのはかなり億劫《おっくう》になるような距離だ。

普通に進めば、二、三日かかるだろう。

もちろん、足がない以上はそうするしかなかったのだろうが。

アーサーは続ける。

「路銀は十分にあったから、数日かかるにしてもどうにかなると思った。それに、途中で馬車に乗せてもらえる可能性もあったからな。ただでは無理でも謝礼は払えるし……少し気楽すぎたけど、無計画に進んでたわけじゃなかった。だから俺の旅路は順調……そう思ってたんだけど、ふっと、目の前をいかにもって格好をした奴が通ったんだ」

普通の、旅慣れていない者ののんびりした旅の話かと思っていたら、突然雲行きが怪しくなる。

いかにもって格好ってどんなだ。

素直に疑問に思ったことをゲオルグは尋ねる。

「……どんな格好だよ」

「こう……真っ黒いローブを身に纏《まと》って、フードを目深に被《かぶ》ってて……口元だけ覗いてて、なんだか薄気味悪くにやにや笑ってる感じ……」

「なるほど、いかにもだな」

ゲオルグは深く頷く。

何か後ろ暗いことがあるにしても、いくら何でも目立ちすぎな変装である。

いや、もちろん変装かどうかは分からないが、それでも十中八九、変装だと言いたくなるような格好だ。

これには、アーサーもセシルも同感のようだった。

「今時、暗黒教団ですらもっと普通の格好をしているぞ。まるきり怪しんでくださいと言っているようなものだ」

セシルがそう言って呆《あき》れた。

アーサーも頷くが、

「俺もそう思うんだけど……ただ、なんだったのかな。集中していないと見失いそうな気配の奴だったんだ」

と気になることを言った。

ゲオルグには、その言葉に心当たりがあった。

「……隠密《おんみつ》系の魔道具でも身に着けていたのかもしれねぇな。その黒いローブこそがそうだったのかもしれねぇ。だとすれば、その目立ちそうな格好でいたのも説明はつく」

言われて、アーサーは納得した顔で、

「そんなものがあるのか。確かに、何か変な感じだった……見ようと思っているのに、意識を逸《そ》らされているような感じがして……」

「決まりだろうな。認識阻害系の魔道具だ。しかしあれはかなり作製の難しいものだ。高位の錬金術師でなきゃ作れねぇし、その辺で購入するとしたら白金貨がいる代物だからな……」

相当な資産家かなのかもしれないが……。

まぁ、そこは今考えることではないだろう。

とりあえず続きだ、と思ってゲオルグは促す。

「悪いな、話を止めちまった。続きを」

「あぁ。どこまで話したっけ……そうそう、変な奴を見たところだな。それくらいなら、そんなにおかしくはなかった。街にだってなんだあいつって奴はたまにいるからな。ただ、そいつがやばい奴だったって分かったのはその直後だ。とことこと、森の奥から出てきたそいつを俺はじっと見てたんだけど、しばらくして、すっと空気に融《と》けるように消えてしまったんだ。そしてその直後、何か恐ろしい、耳をつんざくような咆哮《ほうこう》が聞こえてきて……」

——気づいたら、目の前に亜竜がいたんだ。

◆◇◆◇◆

アーサーが言うことをすべて信じるのなら、アーサー自身は亜竜の巣である緑の洞窟には行っていないということになる。

むしろ、一番最初の亜竜騒動の被害者と言うべきだ。

そして、それは事実なのだろう。

アーサーは続ける。

「まさか、街道を普通に歩いていて亜竜なんかに出くわすとは思わなかった。けど、だからと言って諦めるわけには行かないだろ？　どうにかして生き残ろうと思って……俺は戦うことにした。逃げることも考えたけど、亜竜は飛べるし、地上を走っても人間の足の倍は速いって聞いたことがあったから……」

その判断は、正しいだろう。

ゲオルグも同じ状況に置かれたら同じことをしたと思う。

ただ、戦うとすれば、勝てないにしても生き残れる程度の実力はどうしても必要だ。

けれど、アーサーにそれがあったのか、ゲオルグは疑問だった。

あの冒険者組合《ギルド》で見せた実力、あれがアーサーのそれだというのなら、亜竜に対してはとてもではないが通用しないだろう。

ゲオルグに一撃入れたことは中々であるし、仮に偶然であったとしても、それを引き寄せる何かがあるということだ。

けれど、あの一撃の重みでは亜竜は倒せないし、怯《ひる》ませることも無理だ。

ゲオルグが人間であり、かつ、身体強化もせずにただ突っ立っていたからあれくらい吹っ飛んだだけであり、亜竜に同じ一撃を入れても、びくともせずにそこに存在し続けるだろう。

つまり、焼け石に水をかけるに等しい。

けれど、現実に、アーサーは生き残っているのだ。

一体何が、アーサーを生き残らせたのか……。

ゲオルグにはひどく気になった。

単に知りたがりというわけではなく、もしアーサーに特殊な武術や魔術などの切り札があるなら、それはそれでいい。

隠すのも構わない。

けれど、少し、その力を過信しているような、そんな雰囲気も感じるのだ。

そうだとすれば、それはいつか、アーサーの命取りになるかもしれない。

だから、忠告というか、油断をしないように、ということを伝えたかった。

ただ、アーサーは、その力について口にしないだろうということは、先ほどのやり取りですでに分かっていることだ。

かくなる上は、抽象的に注意するくらいしかできない。

いつか、危機に陥ったとき、一瞬でも思い出してくれればいいが、と思い、ゲオルグは言った。

「立派な覚悟だとは思うが……あまり自分の力を過信するなよ。魔物を相手にしている者は、それがどんなに手練《てだ》れであっても案外つまんないことでぽっくり逝っちまうもんだ。逃げられるときは、しっかり逃げるようにな」

するとアーサーは、少し驚いた顔をしたが、素直に頷いて、

「……あぁ、分かってる。人間、簡単なことで死んでしまう。ただ、あのときはどうしようもなかった。他にやりようはなかったんだ……」

そう言った。

その表情は何かを後悔しているように見えたが、その感情はすぐに引っ込む。

アーサーは続ける。

「……それから、亜竜と少し戦ったんだ。もちろん、ほとんど傷なんて与えられなかったけど、何とか死なないでいられた。しばらくして……亜竜の後ろの方から叫び声が聞こえて……」

と、そこでセシルが、

「それは私だな。私は馬車でアインズニールに戻る途中だったんだが、前方で亜竜と人が戦っているのが見えて、加勢するつもりでそこに向かったんだ。馬鹿なことをしたと思うが……あのときは必死だった」

と継ぐ。

二人の出会いはそこだったのか、と納得したゲオルグ。

しかし、その後は……。

「一体どうやって逃げたんだ？　その状態で……こう言ったら侮っているようで悪いが、お前たちが亜竜から逃げられるとは俺には思えない」

正直にそう尋ねた。

この二人に迂遠《うえん》な聞き方をしてもあまり意味はないだろう。

今までのやり取りでそう思ったからこその率直な言葉だった。

これに、二人は顔を見合わせて、何かを視線で語り合う。

そしてその後、アーサーが、申し訳なさそうに、

「……それについては、勘弁してくれないかな。これは、俺たちの生命線なんだ。人に知られると……正直、怖い」

そう言って、語るのを拒否した。

つまり、何か秘密があるのは認めるわけだ。

それくらいが、彼らの譲歩というわけだろう。

本当ならもっと突っ込んで尋ねたいところだが、今のゲオルグと、彼らの関係からすれば、ここが限界だろう。

ゲオルグが、アーサーたちの立場だったとして、ここまで語るかどうかも微妙なところだ。

なにせ、ゲオルグはすでに、アーサーたちに何か、あ、る、と確信してしまっている。

そこまでのものを抱かせる話を、他人にすることは、ある程度信用がある相手でなければ無理だ。

そしてそう考えると、ゲオルグにそこまで語ってくれた彼らに、これ以上吐け、というのも酷な話だと思った。

いつか、もっと親交を深めたら、彼らの方から話したくなるときが来るかもしれない。

それまでは、聞かないでおく。

それが、冒険者としての義理だろうとゲオルグは考え、アーサーの言葉に頷くことにした。

「分かった……だが、最後に一つだけ聞いておきたい」

「なんだ?」

「亜竜と遭遇した経緯は、本当なんだな? 実はお前たちが……ってことは、絶対ないな?」

そう、念を押して尋ねる。

これにアーサーは、

「誓って」

と短くも、はっきりとした口調で答えた。

ゲオルグはそう言ったアーサーの目をしばらくの間、じっと見つめていたが、直後、ふっと破顔して、

「よし、俺はお前たちを信じよう。冒険者組合《ギルド》には俺の方から報告しておく」

「……いいのか？」

その顔が少し不安そうなのは、先ほど彼らが話した話にはところどころ抜け落ちている部分があり、そういうところについての突っ込みを、ゲオルグが報告時に受けることが分かるからだ。

本来、それはアーサーたち自らが負わなければならない責任だが、それをゲオルグが代理すると言っているのだ。

ゲオルグはそんなアーサーに頷き、

「構わないだろう。そもそも、お前は冒険者組合《ギルド》に聞かれたら俺に話そうとしなかったことも話すのか？」

この質問に、アーサーは顔をしかめて、

「それは……」

と言いにくそうな表情をする。

つまりはどちらにしろ言う気がないのだ。

それほどまでに隠したい秘密とは何なのか、またもや気になってきたゲオルグだが、その好奇心は抑えて言う。

「だろう？　なら、お前たちが報告してもこじれるだけだ。俺からなら、多少融通が利くからな

……あまり褒められたことじゃないが、今回はまぁ、話の内容からして、それほど問題はないだろう」

そう言ったゲオルグに、アーサーとセシルは揃って、

「あんたには迷惑かけたのに……悪いな」

「重ね重ね、申し訳ないことだが……頼む」

そう言って頭を下げた。

しかし、ゲオルグとしても、全くの親切で言っているというよりは、彼らとつながりを作っておくことは、後々、何か意味があるのではないかと思ってのことだ。

別に利用しようとか、そういうわけではなく、ゲオルグの直感が囁《ささや》いているのだ。

彼らと関わっておくように、と。

理由は分からないが、そういう直感を、ゲオルグは大事にしてきた。

その結果、この年まで生きて冒険者でいられているのだから、馬鹿には出来ない。

「あんまり気にすんな……気まぐれみたいなものだからな。じゃあ、聞きたいことは聞けたし、俺はそろそろ行くぜ……」

そう言って立ち上がろうとしたら、セシルが、

「ちょっと待ってくれ。これから夕食なんだ。良かったら、貴方もどうだ?」

と夕食に誘われた。

いや、食事って孤児院の、つまりは子供たちとする夕食なわけだろう、そんなものに俺が出席し

た日には……。

と、色々考えて拒否しようとした矢先。

ばたん、と礼拝堂の扉が開いて、一人の少年が入ってきた。

それは見れば、孤児院に来て最初にゲオルグが会った少年、トリスタンであった。

彼はゲオルグの方に近づき、言う。

「話は聞いたよ。ゲオルグ、今晩の夕食は楽しみにしてるよ！」

そう言った。

ゲオルグは慌てて、

「おい、俺は出席しねぇ……」

と言いかけたのだが、トリスタンは、

「子供たちにもよくよく言い聞かせておいたんだ。冒険者ゲオルグは、アインズニールでも指折りの男で、怖い顔してるけど心根はすごく優しい人だって！　みんなゲオルグの話を聞きたいって言ってるよ！」

と信じられないことを言う。

はぁ？

という顔をトリスタンに向けたゲオルグだが、トリスタンが礼拝堂の入り口を指さしているのでそちらを見てみると、十数人の子供たちが、ゲオルグの方を遠目に見る光景があった。

怯えているような雰囲気もあるのだが、同時に近づこうとしているような感じもある、妙な様子である。

ゲオルグにはどんな気持ちで彼らがそこにいるのか分かりかねたが、アーサーとセシルにはよく分かるようだ。

「……夕食ぐらいいいいんじゃないか？　子供たちみんな、あんたのこと気になってるみたいだぞ」

アーサーがそう言い、

「子供たちの楽しみを奪うのは良くないと思うぞ」

セシルもそう言ったので、おそらくあれは楽しみにしている雰囲気、ということなのだろうと、ゲオルグにも理解できた。

まさか自分の存在を楽しみにする子供などこの世に存在したのか、と一瞬愕然《がくぜん》とし、しかしそういうことなら……と思ったゲオルグは、魔物に立ち向かうよりも勇気を振り絞って、言ったのだった。

「……分かった。謹んで出席させてもらうぜ」

◆◇◆◇◆

「ここの食事は誰が作るんだ？」

ゲオルグがそう尋ねる。

何度となくここに来ているゲオルグであるが、それはすべて寄付のためであった。

しかも必ず子供が寝静まる夜中のことであり、そのため、食事をここで取ったことなど一度もない。

必然、誰が食事を作って提供しているかなど、知りようがなかった。

もちろん、専属料理人などいるはずがなく、孤児院の誰かが作っているのだろうが……。

この疑問にはセシルが答えた。

「いつもは孤児院の子供たちの中でも年長者が手分けして作っているな。孤児院の台所事情からするとあまり高い食材は買えないから、嵩《かさ》を稼げるものになることが多いが」

と世知辛いことを言う。

ゲオルグがいくら寄付しているとはいっても、全額この孤児院に使われているわけではない。

他の街や村にも孤児院はあるし、あの修道女はそういうところはしっかりとやる人だ。

教会の孤児院運営事業は、地域ごとに分けられた教区ごとに行われているため、寄付もその教区内で得たものは教区全体で平等に分けられることになると聞く。

その結果としてこの孤児院の取り分はそれほど多くなくなっているのだろう。

けれど、それでも、他の地域の孤児院と比べれば、恵まれた方だ。

少なくとも飢えることはないし、子供たちが身に着けているものを見ても、確かに継ぎはぎは目立つが、どうしようもない襤褸《ぼろ》切れというわけではないのだから。

「……ん？　いつもは、ってことは、今日は違うのか」

セシルの台詞をよくよく考えてみると、そういうことになる。

これにはアーサーが、

「今日はセシルが作るんだってさ。冒険者になって、依頼で忙しくなってきたから、たまに時間があるときくらいは作ってやりたいとかで」

「ほう。料理が出来るのか」

とても出来そうには見えない、とまでは言わないが、雰囲気からして、かなりさばさばしたタイプの女性に感じられる。

言葉遣いも男寄りであり、職業も色々ある中でわざわざ腕っぷし勝負の冒険者を選ぶ辺り、料理などからっきし、という感じなのかと勝手に思っていた。

これにはセシルも心外そうな顔をして、

「私だって女の端くれだぞ。そもそも、この孤児院で生まれ育ったと言っただろう？　料理当番に例外などないんだ。飛び抜けてうまいわけじゃないが、それなりに出来る」

と主張した。

ゲオルグは、

「悪いな。別に馬鹿にしたかったわけじゃねえんだ。さっき、ここの管理人の修道女が教会に行くって言ってたからよ。誰も料理する人間がいないなら、俺がやろうかと思ったんだ」

と、思ったことを正直に言う。

すると、アーサーもセシルも目を見開いて、

「……あんた、料理できるのか？　その顔で？」

「アーサー、顔は関係ないだろう。しかし、恐ろしく意外なのは確かだ……。冒険者ゲオルグは血の滴る生肉を好むという噂なら聞いたことはあるが……？」

とそれこそ心外なことを言われた。

セシルが言う生肉がどうこうは、まぁ、必ずしも間違いではなく、狩ったばかりの新鮮な獲物の肉や内臓なら普通に生で食べることもある。

そして、血だらけで狩ったばかりの獲物の生肉を食べているゲオルグ——そういう場面を目撃された結果、言われるようになった話だ。

あれはあれで美味《うま》いんだがな、と思うゲオルグだが、もちろん常識はある。

街中で、生肉を食え、美味いから、とは勧められないのはよく分かっていた。

「子供に生肉なんて食わせたりはしねぇよ。そもそも、あれはよほど新鮮じゃないと怖いからな」

たとえば、内臓なんかに寄生虫がいるかいないかは、特殊な魔術で見分けなければ正確には分からない。

この世に魔術師は多くいるが、獲物の内臓に寄生虫がいるかどうか見分ける魔術、などというニッチなものを修めている魔術師など、滅多にいない。

通常の狩人《かりゅうど》はそこまで魔術に造詣が深くないし、本職の魔術師はそんな魔術に興味を抱かないためだ。

しかしゲオルグは、食に対する追求のために、料理関係の魔術は貪欲に学んできた。

それだけで一冊の本が書けそうなくらいに。

いずれ引退したら、書いてみようかなと思っているくらいだ。

誰も開拓してこなかっただけで、多少の需要はあるはずである。

ただ、もちろん、そんな冒険者はかなり珍しいのは間違いない。

そんなゲオルグの言葉に、セシルは、

「……やはり食べるのか。狩人ですら生は怖いと言っていたが、貴方くらいになると覚悟が違うのだな……」

としみじみ言っている。

別に覚悟ではなく、身に付けた技術によって安心感があるからに過ぎないのだが、今それを説明してもしょうがない。

「まぁな」

と頷いておいた。

それからセシルは、

「……まぁ、生肉についてはいい。それよりも、本当に料理できるのか？」

と尋ねてきたので、ゲオルグは、

「あぁ。一通り出来るぜ。護衛依頼なんかで他の奴らと一緒になるときは、俺が振る舞ったりすることも多いからな。もちろん獲物は各自、狩ってきてもらうわけだが」

そういうときは、大雑把に見える料理を作ることが多い。

ごった煮とか、丸焼きとか。

しかし、実際にはゲオルグの繊細な技術が使われているのだ。

ごった煮に見えるそれには、ゲオルグの手持ちの数多くの香辛料や調味料が絶妙な加減で入れられていたり、丸焼きにしても中に香草を詰めたり皮に軽く蜂蜜を塗っておいたりなど、芸が細かい。

けれど、冒険者たちはどちらかと言えば皆、性格がアバウトで、そういう手間がかかっているということにはまず、気づかない。

ただ、「……今日はいつもより格段に美味いな？　運がいいぜ」とか「たまにこういう風に焼けることってあるよなぁ……うめぇうめぇ」といった評価しかしない。

偶然、出来上がった美味《おい》しさだと思っているのだ。

よくよく考えてみれば、ゲオルグがいるときだけ、頻繁にそういうことが起こっていて、しかもその確率はほぼ百パーセントだということに思いを馳《は》せれば、なぜそれほどに美味いのか分かりそうなものだが、そもそもゲオルグがソロでない依頼を受けること自体稀《まれ》なため、やはり誰も気づかない。

例によってレインズだけは気がついていて、美味い酒の肴《さかな》が欲しい、というときはゲオルグの家の扉を叩いて料理を作れと頼んでくるくらいだ。

遠慮がまるでない男だが、だからこそ、楽に付き合える。

レインズは、ゲオルグにとって、親友と言っていい男だった。

そんなゲオルグに、セシルは少し考えて、言う。

「……そうだな、では、手伝ってもらおうか」

「いいのか？　邪魔すると悪いから、遠慮してもいいんだが」

ゲオルグがそう言えば、セシルは、

「いや、貴方の料理にも興味があるしな。それに分担すればそれだけ早く出来るし、孤児院の子供たちは食べ盛りだ。作る大半は簡単な料理とは言え、量を作るのはやはり一人では手間なのでな」

そう言ったので、ゲオルグは喜んで手伝わせてもらうことにした。

アーサーはそんなゲオルグを見て、

「……筋骨隆々のおっさんの手料理か。ぞっとするな……」

そんなことを呟いていた。

おっさんの、というよりもそれこそ生肉をそのまま食べそうなゲオルグの料理に想像がつかなく、恐ろしく思えたのだろう。

◆◇◆◇◆

「神よ、今日もまた、我々に食事をお与えくださったことを感謝します……では、いただきましょう、みなさん」

「いただきます！」

静かな祈りの言葉の後、孤児院の食堂に、子供たちのそんな声が響いた。

長テーブルに全員がつき、夕食が所狭しと置かれている。

一番上座に、この孤児院の最高責任者である修道女カタリナが座り、その横にセシルとアーサー、それにゲオルグ、という席次で座っていた。

ゲオルグは客だから一番上座に、と言われたが遠慮したのだ。

流石に一番下座に言ってしまうと子供たちに挟まれてしまうのでそちらも遠慮してこうなっている。

子供たちは恐ろしい勢いで大皿から自分の皿に食べ物を移していき、自分の口の中に放り込むように入れていく。

もっと咀嚼したらどうか、と思わずにはいられない光景である。

「……のどに詰まらせねぇのか、こいつら」

ゲオルグがつい、そんなことを言うと、子供たちとは対照的に静かにゆっくりと食べているカタリナが笑って言う。

「成長期ですからね。仕方ありませんよ。それにしてもゲオルグ、今日の献立は貴方の手によるものと聞きましたよ。いつもより豪華に見えるだけに、子供たちも自分の分を確保しようと必死なのでしょう……あら、この香草焼き、美味しいわ」

話しながら口に運んだ鳥の香草焼きが口にあったらしい。

カタリナは顔を綻ばせて幸せそうな顔をした。

「自分でそれなりというからそこそこの腕前なのだろうと思っていたが……貴方は店を出せるだろう。それも繁盛店になるほどだぞ。これは美味い。店を出したら通う」

セシルもそう言い、さらにアーサーも、

「……正直、ゲオルグのおっさんの料理っていうからやばいものが出るのかって怯えてたけど、セシルのよりずっと美味い……あたっ!?」

途中でセシルが隣に座るアーサーの頭にげんこつを落とす。

この二人が一体どういう関係なのかはよく分からないところだが、仲が良さそうで何よりであった。

「……婆さん、今日は来て良かったぜ」

ゲオルグが、食堂全体を見渡しながらそう言う。

ここにはあたたかな雰囲気が満ちている。

それがカタリナの手腕によるものなのか、子供たちの性格が良いからなのかは分からない。

ただ、ここが良い孤児院なのは疑いようがなかった。

ゲオルグの言葉に、カタリナは優しく微笑んで、

「そう。そう思うのなら、いつでも来なさいな。ここにいるみんなの笑顔は、貴方が作ったものでもあるのですからね、ゲオルグ」

「……俺は気が向いたときに金を出してるだけだ。無責任な野郎だぜ、本当によ。ここにいる奴らの笑顔を作ってるのは、金じゃなくて、あんたや、セシルたちみたいな奴らさ」

本当にそう思って言った。

人の幸せは、金では買えない。

一人一人が努力して、初めて手に入るもので、その努力をしているのはゲオルグではない。

カタリナたちや、子供たちに他ならない。

しかし、カタリナは、

「そうやって自分を卑下するのはおやめなさいな、ゲオルグ。お金のこともそうですけど、この街の平和を冒険者として守っているのも貴方なのですから。それに今日は……こんなに美味しい食事まで作ってくれました。貴方はすでに、お金を出しているだけの人ではないのですよ」

と言ってくれた。

ありがたい話だ。

もともと、この孤児院にこんな風に関わる資格を、ゲオルグは持たない。

それなのに、カタリナは昔からゲオルグの我儘《わがまま》に付き合い、良くしてくれるのだ。

少し目頭が熱くなるが、まさか泣くわけにも行かず、無理に涙腺を閉じて、ただカタリナに礼を言った。

「……へっ。ありがとうよ。気が向いたら、また来るぜ」

「ええ。その方がみんなも喜びますよ。特に、トリスタンは」

と、言ったので、ゲオルグは首を傾げる。

「あのガキか。なんだか子供にしては珍しく、最初から妙に俺に好意的だったな……」

そんなゲオルグに、カタリナは、

「あら？　聞いていないのですか？」

「何をだ」

ゲオルグの言葉に、カタリナは声を潜めて言う。

「……トリスタンは、貴方が亜竜を倒したときに発見した冒険者の子供ですよ。両親を二人ともそのときに失ったのです。だから、ここに……」

それは、初めて聞く話だった。

あのときに命を落とした冒険者は数人いて、全員の組合員証を探し、冒険者組合《ギルド》に提出したが、確かに言われてみると夫婦がいた記憶がある。

剣士と魔術師だった。

まさか、子供がいたとは……。

後処理はすべて冒険者組合《ギルド》が行ったし、冒険者たちの詳細も特に尋ねることはなかったから知らなかったのだ。

そういうことなら、もっと詳しく聞いておけば良かった、と後悔するゲオルグ。

もしかしたら、何か出来たかもしれない……。

そう思ったのだ。

しかしそんなゲオルグの表情から何かを読んだらしいカタリナは、

「……ゲオルグ。貴方が気に病むことではありませんよ。冒険者はそういうものですし、トリスタンもたくましく生きているのですから。いずれ冒険者になる、とそのために勉強もしているようですし……」

親が命を奪われた職業を目指す。

そこにどれだけの想《おも》いがあるのかは、ゲオルグには分からない。

ただ、相当な葛藤を乗り越えた上でのことだろうとは想像がつく。

「……強い、奴だな」

ゲオルグがそう言うと。カタリナは頷いた。

「ええ。ですから、あの子はきっと大丈夫なのです」

そう言ったカタリナに、ゲオルグは深く頷いて、同意を示した。

きっと、あいつはいつか亜竜を倒すのだろう。

そう、思って。

◆◇◆◇◆

食事を終え、しばらくしてから、ゲオルグはひっそりと孤児院を出た。

扉を開けて通りに出ると、すっかり辺りは暗くなっていて、人通りも少なくなっていた。

カタリナは今日は泊まっていくようにと言ってくれたが、そこまで世話になるのも悪い気がした。

それに、正直なところを言えば少しばかり酒精が欲しかった。

孤児院は、流石に教会が運営しているところだけあって、酒類については制限されている。

いるのも子供たちばかりだし、基本的に不要なのだ。

それでもワイン一杯くらいなら頼めば出てくるだろうが、その程度で満足できるゲオルグではなかった。

酔ってもいないくせに、少し楽しい気分で大通りまで進むと人通りも徐々に増えてくる。

けれど、ゲオルグはすぐにそこを後にし、奥まった細い通りに向かって歩き始めた。

大通りを行き交う健全な街人は全く目を留めることのないその空間は、湿気と苔《こけ》が支配している小道で、孤児院のような清浄な気配はまるで感じられないが、ゲオルグにとってはむしろ親しみを感じられるところだった。

そんな通りをどれくらい歩いただろう。

森の木々をかき分けていくと、ふっときらきらと太陽光を反射する泉が覗いたかのように、隙間から黄色い光を漏らす、こぢんまりとした扉が現れた。

ゲオルグはその扉の出現に驚くことなく、至って自然な仕草で軽く三度叩く。

二度ではなく、三度。

これが大事なのだ。

すると、がちゃり、という音と共に扉が開かれる。

それを確認して、

「……邪魔するぜ」

扉を開けた、目つきのだいぶ鋭い男にそう言って、静かに中に入っていくゲオルグ。

ゲオルグを中に迎えると、その扉は、がちゃん、と冷たく音を立てて閉じた。

それから、ほっと人心地ついたゲオルグが内部を見回してみると、見えるのは、小さなカウンターがいくつかと、数人が座れるかどうか、というテーブルが二つだけだ。

いつも通りの光景で、ゲオルグは相変わらず商売っ気のない店だとわずかに口元に笑いを浮かべる。

酒場であるのはカウンターの奥の棚に並べられているいくつもの酒瓶からして間違いないと分かるが、それにしても小規模である。

先ほど扉を開けた男も、少し変わっていた。

店主であるのは、その店の中にいる存在が客以外に彼しかいないことから明らかであるし、制服のようなきっちりとした服装をしていることからも分かる。

けれど、その服が、少し……いや、かなり窮屈そうなのだ。

店主が太っている、というわけではなく、その体についた筋肉が薄手の布をはちきれんばかりに盛り上がらせているのである。

はっきり言って、とてもではないが酒場の店主の持ちうる肉体ではない。

それどころか、ゲオルグに比肩する体形である。

「ゲオルグ。注文は？」

男は、カウンターの中に戻ると、慣れた様子ですぐにそう言ってきた。

ゲオルグは少し考え、

「強いのを頼む。つまみは適当でいいぜ」

そう言うと、店主は、

「お前にそう言われると少し困るな。自信がないぜ」

と苦笑しつつ、先に酒を注いで出す。

小さなグラスに注がれたそれは、鼻を近づけると酒精のきつさが即座に分かる代物であるが、ゲオルグは慣れたものだ。

特に物怖《ものお》じすることなく、するりと飲もうとした……ところで、

――コンコンコン。

と、先ほどゲオルグが叩いたのと同じテンポで店の扉が叩かれた。

本来であれば店主が開けるべき扉であるが、店主の顔を見ると、顎をしゃくってゲオルグにお前がやれ、と言っている。

ゲオルグはため息を吐きながらも、口に注ごうとしていた酒の入ったグラスを置いて、扉に向かい、そして開いた。

すると、

「……お、ゲオルグ、こんなところにいたのか」

そう言って、見覚えのある顔が覗いた。

本来、ゲオルグと同じくらいの年のはずだが、ゲオルグとは正反対の甘いマスク。

金髪碧眼《へきがん》の美丈夫である、レインズ・カットだ。

もう二年ほどで不惑になるはずなのに、二十代後半から三十代前半で十分に通る若々しさが恐ろ

しい。

ゲオルグと並べば冗談ではなく獣と王子のようであり、古参の冒険者仲間からはなぜ、二人の仲がいいのか不思議に思われることも少なくない。

「レインズ。お前も飲みに来たのか？」

ゲオルグがそう聞くと、レインズは、

「あぁ……数日ぶりにアインズニールに帰ってきたんだ。今日は静かに飲もうと思ってな。っていうか、お前ん家《ち》にも行ったんだが、留守だったから仕方なくここに来たんだからな？」

と恨みがましい表情で言う。

ゲオルグに酒の肴を作らせる気満々だった、ということだろう。

ゲオルグの家には、ゲオルグ自身の酒の他に、レインズが集めている世界各地のワインが並べられている。

ゲオルグはどちらかと言えば蒸留酒が好みであるので、そちらには手を付けないが、わざわざ高価な材料がいくつも必要な冷却魔道具までゲオルグに造らせて飲み頃を管理するほどである。

酒好き、というのは同じところに集うものなのかもしれなかった。

「……お前ら、俺の料理じゃ肴にゃならねぇとでも言いてぇのか？」

二人の会話を聞いていたらしい店主が、少し険しい声でそう言った。

確かに、レインズの言い分だと、そういう風にとってもおかしくはない。

しかし、レインズは慌てて、

「いや！　そんなわけないだろう！　ニックの親仁《おやじ》！　俺はただ……こいつの料理が好きなだけだ。金のないときからずっと、こいつの料理はいい肴だったからな」

フォローにも聞こえるし、事実でもあるその言い分に、酒場の店主ニックは苦笑して、

「気を遣うんじゃねぇよ。俺だって、俺の料理よりゲオルグのが美味いと思うしな……この店のメニューだって、今じゃ半分はゲオルグに助言してもらったレシピだ」

それは事実だった。

ゲオルグはこの店に来るたび、新作の味見をニックに頼まれてしていた。

その際に、何か改善点があれば助言してもいた。

別に無理に取り入れる必要のない、客の気まぐれのような発言のつもりだったゲオルグだったが、ニックはゲオルグの助言通りに作ればことごとく二段は味が上がることにいつしか気がついたのだ。

それ以来、ゲオルグはこの店の料理顧問のような扱いである。別に、給料が出るわけでもなんでもないが。

これは、レインズにとって初耳だったらしく、

「……どうりで俺好みの味をしているわけだ。教えてくれても良かっただろう、ゲオルグ」

そう言って、ゲオルグのグラスが置いてあるカウンター席の隣に座った。

ゲオルグも自分の席に腰かける。

それと同時に、レインズの席に彼の好きな銘柄のワインがグラスに注がれて出てきた。

店主ニックの気遣いが分かる一幕である。

それはともかく、レインズの台詞にゲオルグは、

「……別にわざわざ言うほどのことじゃねぇだろ」

「お前は意外とそうやって秘密主義なところがあるよなぁ……。まぁ、それはいい。それよりも、だ」

しみじみそう言ったあと、レインズはずいっ、とゲオルグと顔の距離を縮めて、

「お前、勝手に俺と一緒に依頼を受けるって決めやがっただろ!? 冒険者組合《ギルド》の職員から聞いたぜ? 鬼人《オーガ》の掃討だぁ!? 俺の予定はどうなるんだよっ、こら」

と怒っているように見えて、長い付き合いのゲオルグからすればフリだな、と分かるような言い方をするレインズ。

ゲオルグは笑って、

「お前の予定なんてあってないようなもんだろ」

「お、おいっ。俺はこれでもB級なんだぜ!? そこそこ忙しい……」

「これから一週間、アーズ渓谷の小屋に行って籠もる気だっただろう? レインズ、ネタは上がってるんだぜ」

そうゲオルグが言うと、レインズは、うっ、という顔をして引いた。

アーズ渓谷、というのはアインズニールから北の方にある渓谷であり、活火山が近くにある山間《やまあい》にあるためか、少し掘れば温泉の湧く景勝地である。

それなりに金を貯《た》めた奴は、町人、商人、冒険者を問わず、ちょっとした家を購入して別荘にし、

そこまで温泉を引いてバカンスに使うのが、アインズニール流である。

レインズは、今回依頼を受ける前に、護衛依頼のためにするには少し奇妙な身支度をしていた、とゲオルグは情報を仕入れていて、これは……と思っていたのだった。

依頼を受けて、それなりに金が貯まるのを見越して、別荘にバカンスに行く。

さぞや楽しいことだろう。

しかし、その野望はゲオルグが打ち砕くのだ。

かつて同じことをされた復讐《ふくしゅう》、というわけではないのはもちろんである。

ゲオルグもまた、アーズ渓谷に別荘を持っているのは、全然関係のない話なのだ。

「おい、おい……ゲオルグ、ゲオルグよぉ！　頼むぜ！　今回はどうしてもアーズに行きたいんだ……勘弁してくれって！」

そう言ったレインズだが、ゲオルグは意に介さずに、

「かつてそう言った俺に、お前はなんて言ったんだっけな？　『温泉なんていつでも行けるだろう』『俺たちの友情ってのはそんなに薄いもんだったのか!?　ここで俺たちの付き合いが試されるんじゃねぇのか!?』……だったか」

根に持つ性格、というわけではないが、一度あったことはかなり詳細に記憶しているゲオルグである。

ゲオルグの言葉に、レインズもしっかり覚えがあるらしく、けれどアーズ渓谷への想いは断ち切り難いようだ。

「……でもよぅ、今回は、今回はさぁ……」

と、うじうじ言っている。

その様子はとてもではないが、アインズニールにおいて最も美しい美剣士として知られるB級冒険者には見えない。

ただの情けない優男である。

しかし、流石にここまで渋るからにはそれなりに訳がありそうだ、と察せないゲオルグではなかった。

「……もしかしてお前、本当に何かあるのか？　ただのバカンスじゃなくて」

そう尋ねると、レインズは、

「……いやぁ、まぁ、そうなんだよな……だけど、うーん……そうだな。それなら……」

腕を組みながらしばらく唸《うな》っていたが、ふっと何かを思いついたかのような顔をして、ゲオルグを見た。

その表情は先ほどまでの苦悩に満ちたそれとは違って、清々《すがすが》しく、まさに美剣士ここにあり、という感じで、ゲオルグはひどく嫌な予感がした。

こういうときのレインズは、今までの経験に照らして、碌《ろく》なことを言わないのである。

前にこういうことがあったときは、確か三つ首飛竜を二人で倒そうぜ、とか言い始めたのだったような……。

そして案の定、レインズは、

「ゲオルグ。お前の話、乗ってやってもいいぜ？　だが、それはその後、俺の頼みを聞いてくれるなら、の話だ」

と交換条件を出してきた。

本来なら、ゲオルグの方がレインズの頼みをいくつも聞いているので公平ではないのだが、ゲオルグはこういうところが、甘い。

そしてそのことを、レインズも長い付き合いで深く知り尽くしていた。

ゲオルグは呆れた顔をしながらも、

「……言ってみろよ。聞いてやるから」

と内容も聞かない内から同意してしまう。

レインズはその台詞に少し笑い、

「お前、どんな頼みかまだ分かってねぇのに、安請け合いすんなよ。危ないぜ？」

と自分が提案したくせに忠告してきたので、ゲオルグも笑ってしまった。

「一番危ない奴が言う台詞じゃねぇよ」

そう言うと、

「違えねぇな」

と言う。

いつもの、昔なじみ同士のくだらないやり取りだ。

何かを思い出してしまうような。

示し合わせてもいないのに、二人はふっと無言になり、そこに店主ニックの作った肴が運ばれてきた。

根菜を揚げて、熱い餡《あん》をかけたものであり、ここに初めて来たときに食べた記憶のあるものだ。

それを口に運ぶと、今まで会ってきた者たちの顔が頭の中に次々と思い浮かぶ。

しかし、そのうちの何人が今でも実際に会えるのかは、数えたくはなかった。

ひどく、くだらないやり取り。

そういうことを気負いなく出来る相手も、徐々に減ってきたゲオルグとレインズである。

未《いま》だにお互いがこうして生きていることを、無言のうちに感謝し、どちらともなくグラスを掲げて何かに祈った。

「……まだまだ生きていようぜ、ゲオルグ。誰のためにとは、言わねぇけどよ」

レインズがそう言い、

「あぁ。いつか、俺たちがどれだけ美味い酒をたらふく飲んだか、自慢しないとならねぇからな。世界中の酒を飲み尽くすまでは死ねねぇよ」

ゲオルグがそう応じた。

店主ニックはそんな二人に、

「サービスだ」

そう言って、頼んでもいない料理を一品置き、ついでに昔、金のない頃、今ここにいない冒険者仲間たちと良く飲んだ安酒を一瓶置いたのだった。

◆◇◆◇◆

次の日、自宅でむくりと起き上がると、ゲオルグの頭にミシミシとした鈍痛が走る。

別に、誰かに襲われて頭を叩かれたとか、眠っている間にどこかにぶつけたとか、ましてや何かの病気にかかって急にこんなことに、などということはないだろう。

これは……。

「……二日酔い、だな」

明らかな頭痛の原因に、ゲオルグは若干、心の中で反省する。

昨日はどう考えても飲み過ぎた。

レインズと、昔話に花が咲きすぎたのだ。

はじめの内はまだ、理性があって、酒量も制限して一瓶でやめておこう、などとお互いに言い合っていた。

けれど、どんな話だったかは忘れたが、何かで少し言い争いになり、そしてその決着を飲み比べで、などという馬鹿な話になって、最終的に店にある酒を飲み尽くすのではないかという勢いで飲み始めてしまったのが間違いだった。

先に酔いつぶれたのは一体どちらだったのか全く記憶にないが、しっかりと自宅のベッドで寝ていた辺り、おそらくレインズが先に潰れたはずだ。

いや、もしかしたらその逆で、レインズがわざわざここに運んでくれた可能性もあるか……。

そう思って、とりあえず、顔でも洗おうかと寝台から一歩降りると、

「ぐぇっ」

という潰れた蛙《かえる》のような声が地面から聞こえた。

足をついた瞬間を思い出すに、いつもなら固い床の感触が伝わってくるはずなのに、妙に柔らかい感触が足の裏に感じられた。

やはりと言うべきか、ゲオルグがおそるおそる下を見てみると、そこには恨めしそうな顔でゲオルグを見上げるレインズがいた。

「……そこで何してるんだ、お前」

ゲオルグが呆れた顔でそう言えば、

「お前が先に酔いつぶれたからわざわざ運んできてやったんだろうが！　というか、足さっさとどけやがれ……」

と言いながらゲオルグの足をべしべし叩く。

どうやら、先に酔いつぶれたのはレインズではなく自分の方だったらしい、と納得したゲオルグは、レインズの腹からゆっくりと足をどけた。

それから上半身を引き起こしたレインズは、

「……うぅ。頭が、いてぇ」

と呻く。

どうやらゲオルグと同様、二日酔いに苦しめられているらしい。

レインズとゲオルグの酒の強さはあまり変わらないはずなのだが、最初の方に呑《の》んでいた酒の強さで勝敗が分かれたらしい。

勝負で使った酒は火を近づければランプのように燃えるような代物で、その前にゲオルグが呑んでいたのはストレートの蒸留酒、レインズはワインだった。

厳密に言えば公平な勝負ではなかったが、酒の席でそんな細かいことは誰も気にしない。

つまり、昨日の勝負はしっかりとゲオルグの負けだった。

「お互い馬鹿なことしたな……朝飯はどうする？」

ゲオルグがそう聞くと、レインズが、

「……固形物食ったら即座に戻しそうだぜ……」

などと情けないことを言う。

ゲオルグはまだ普通に行動できる程度の頭痛がするくらいだが、レインズの方はかなりきつい病状であるらしかった。

自業自得であるのは間違いないので、全く同情の余地はないが。

ゲオルグはため息を吐きつつ、言う。

「こればっかりは魔術じゃ治せねぇからな。今日は一日寝てろ。まぁ、朝飯は作ってやるから食ってけ」

これにレインズは本当にありがたそうに、

「すまねぇ、恩に着る……」

そう言って、再度床に沈んだ。

朝食が出来るまでは寝てるという意思表示だろう。

まぁ、変にうろちょろされるよりはいいか、とゲオルグは台所に向かう。

ゲオルグの家の台所は非常に充実していて、ありとあらゆる設備が最新式である。

というか、大半はゲオルグが考案し、手ずから作り出したもので、他のどんな家でもお目にかかれないような便利な状態になっている。

保存庫一つとっても、食物を長期間保存できるようにと低温状態になっており、ゲオルグはそこを覗いて何が作れるか考えてみた。

鶏《とり》ガラで作ったスープストックがあるのが見えたので、それに適当に野菜を投げ込んでお手軽ポトフでも作ることにする。

固形物はきついと言っていたが、それくらいなら食えることだろう。

野菜類は適度な大きさに切り、水に塩を入れて煮る。

ただそのまま煮込んでもすぐに柔らかくはならないので、ここでゲオルグは覚えているが通常の魔術師はまず使わない料理魔術の出番である。

と言っても、そんなに複雑なことではなく、少し圧力をかけてやるのである。

それによって通常よりも遥《はる》かに短い時間で柔らかくすることが出来る。

それをしている間に、スープストックを別の鍋に入れて温め、柔らかくなった野菜類をそこに入れて完成だ。

後は、パンもあるのだが、レインズが食べられるかどうか……。

ポトフに浸せば食べられるかもしれない。

一応、出しておくかとかごに入れて持っていく。

食卓まで器用に持っていけば、そこにはすでにレインズがついていて今か今かと朝食の到着を待っていた。

今でもまだ、頭が痛いようで普段より青い顔をしているが、先ほどよりはましになった方だろう。

そんなレインズに、ゲオルグは言う。

「……スープとパンくらいしかないが、いいか？」

これにレインズは、嬉《うれ》しそうな顔をして、

「いいにきまってるじゃねぇか。自分の家にいるときはスープなんて面倒で、まず作らねぇからな。適当にパンにチーズとハムを挟んで終わりだ……おぉ、湯気が。美味そうだ。匂いもいいな……パンも……これライ麦じゃなくて小麦のパンじゃねぇかよ」

と言った。

声はいつものものよりもがさついていて、本調子には程遠そうだなと思うが、語り口調が普段通りのそれに近づいてきているのでまぁ、大丈夫だろうとゲオルグも食卓に腰かける。

「俺が焼いたんだ。個人用のパン焼き窯を作れねぇかと思って作ってみたんだが、使い心地が分からないからな。まずは自分で色々試してる……それに二日酔いのお前にはライ麦パンよりもそっちの方がいいだろう？」

「……また、趣味に走ったものを作ったもんだ……お、美味いな」

ぶつぶつ言いながらも、パンとスープを交互に口に運び、満足そうな表情を浮かべるレインズ。

ゲオルグも食べてみたが、まぁまぁの出来である。

もう少し改善できるような気もするが、今日はゲオルグも二日酔いだ。

正直言って、細かく下ごしらえやら段取りやらを考えて料理を作れる気がしない。

こんなものだろう、と諦めることにした。

今日は、依頼も受けるのは厳しそうだ。

外を見れば、もう街は動き出している。

今から冒険者組合《ギルド》に行っても目ぼしい依頼は取られていることだろう。

「……今日は休暇だな」

ゲオルグがそう言い、レインズもそれに頷いて、

「たまにはそんな日があってもいいだろう。俺たち、最近働きすぎだと思うぜ？」

そう言って笑った。

◆◇◆◇◆

朝食を食べた後、レインズは一日惰眠をむさぼると言って自宅に帰っていった。

ゲオルグはと言えば、自宅で細工物を作ることに決めて、籠もっていた。

左手にはいつも通り、魔導バーナーが握られ、右手は様々な器具を持ち替えて、金属の形を操っていた。

しかし、後は文字彫刻を入れればそろそろ完成、というところで、ペン型の魔導彫刻器具の先端から出力される魔光が突然、不安定になり、そして減衰して完全に消滅した。

「……しまった。魔石切れか」

ゲオルグが顔をしかめるも、あとの祭りである。

本来なら細かな花をデフォルメして図案化したものが彫られるはずだった小さな球体の上に、ミミズののたくったような醜い傷が描かれてしまっている。

「こいつは、初めからやり直しだな」

金属球をくるくる回しながら、片眼鏡《モノクル》越しに見つめるが、どうにもならなそうで、最初から――つまりは、鋳潰すしかなさそうだった。

素材が無駄になる、ということはないが、しかしここまでかけた時間は完全に無駄になってしまった。

そのことにゲオルグはため息を吐き、

「……やっぱり、今日は細かい作業はダメかもな……」

と、椅子に寄りかかって背中を伸ばす。

バキバキと体中が鳴る音がし、ゲオルグはしばし目をつぶった。

それから、ふと思い立って、立ち上がる。

出かけよう。

そう思ったのだ。

どこにかと言えば、魔導彫刻器具にセットする魔石を仕入れられる場所にである。

もちろん魔物を倒せば魔石くらい、自分で確保できるゲオルグであるが、これに入れる魔石は極端に小さいもので、超小型の魔物からしか採れないものだ。

探せば街中でも見つかるくらいの、ひどく弱い魔物なのだが、いる場所が下水道とかそういうところであるので、正直自分で探して捕まえる気になれない。

それに、主にそれを捕まえて生計を立てているのは、貧民街の住人、それも子供であることが少なくなく、わざわざ節約してその儲《もう》けをゼロにするのも気が進まなかった。

だからゲオルグはこれを購入しに、街中にある魔道具屋へと足を向けた。

その店は、大通りでも比較的目立つ位置にあった。

外観も洗練されていて、魔道具屋というよりは洒落《しゃれ》た雑貨屋、という雰囲気すらするくらいである。

けれど、不思議なことに大通りを歩く多くの人々は、その店に全く目を留めない。

若い女性なら、ちらりと見るくらいしてもいい、というような外観なのにもかかわらずである。

これは極めて奇妙なことであるのだが、ゲオルグはそのことに全く頓着せずに、まっすぐに店の入り口に向かい、無造作に開いた。

ちりん、と高音の鈴の音が店内に響くが、誰かがゲオルグにいらっしゃい、という声をかける様子は全くない。

しかしそれは別にこの店の店員に愛想がないというわけではない。

少し奥に進むと、カウンターに座る店員の姿が見えた。

そして、その店員は、今、カウンターの前に立つ客と話していた。

だからこそ、ゲオルグに対して応対できなかったのだ。

この店の店員は一人しかいない。

前の店主であるイマーゴからこの店を継いだ、退屈そうな顔をした青年ハリファァしか。

「ですから……この店でなら直すことが出来ると耳にしたのです。どうにかなりませんでしょうか？」

見ればハリファァと話しているのは、若い女性だった。

水色の長い髪が豊かなその女性は、カウンターに何か品物を置いて、それを示しながら話している。

ハリファァは、その女性に、

「いやぁ……僕にはどうにも出来ないんですよねぇ。というか、パッと見で分かりますよ。これ、直せる職人なんてまず、いませんよ？　どうしてもっていうなら、クレアードに行って白金貨を三百枚ほど積めばいいんじゃないですかね」

かなりふざけた口調で馬鹿なことを言っているハリファァ。

白金貨三百枚積んだらそれこそ軍艦が買える。

何かは分からないがよほど高価な素材を必要としない限り、修理程度にそんな価格付けはいくらクレアードの悪名高い商人でもやらないだろう。

けれど、微妙に世間知らずなのか女性は真面目にその言葉に頷き、

「……それが出来れば迷わずにそうするところなのですが……私の全財産を積みあげても、白金貨五枚ほどしか……」

「そりゃ、寂しい懐具合で。でも庶民からしてみればそれで二十年は食べていけますしねぇ……」

必死な様子の女性に対して、ハリファの方はのらりくらりと適当な様子だ。

祖母にあたる前店主イマーゴの嫌な部分を思い切り継いでいることがよく分かるその対応に、ゲオルグはつい、

「……くくっ」

と噴き出した。

それに、ハリファも女性も気づいたようで、ゲオルグの方に振り向く。

「……何が、おかしいのでしょうか?」

「ゲオルグ、笑ったらだめだよ。この人、必死なんだからさぁ」

ハリファの方はともかく、女性の方は少しばかり気が立っているようで、ゲオルグに険のある視線を向ける。

どんな事情かは分からないが、女性の方にはどうしても何かを直さなければならない理由がある

ようだ。

ゲオルグは客観的に見れば、そんな女性の努力を笑ったように見えてしまったのであり、あまりいい視線で見られないのは当然である。

最近どうも、不用意な行動で誤解されてしまうことが多い。

何か色々とだれているのかもしれない。

これは良くない。

今回こそはさっさと誤解を解かなければと、ゲオルグは口を開く。

「笑ったのはその人じゃなくて、お前のことだ、ハリファ。もっと真面目に話を聞いてやれよ」

そう言った時点で、女性は、あぁ、なるほど、という顔をして、ゲオルグに会釈するように頭を下げた。

どうやら、誤解は解けたらしい。

それに、ゲオルグの言葉が女性に加勢するようなものだったからか、その視線はむしろ好意的なものに変わった。

ハリファは、

「いやいや、真面目に聞いてるよぉ。ただ、僕にはどうにも出来ないってだけで……出来る人に、心当たりはあるんだけど」

と言って、ゲオルグに視線を向けた。

そこでゲオルグは気づく。

これは、藪蛇だったかもしれない、と。

◆◇◆◇◆

「もしかして、貴方は職人さんなのでしょうか……？」

その見た目はとてもそうであるようには見えません、とでも言いたいかのような顔つきでゲオルグにそう尋ねる女性。

その気持ちは分からないでもない。

今日は冒険者組合《ギルド》に行く予定はなかったので普段着であり、武具は身に着けていないがそれでも武人としての迫力と雰囲気を隠すことなど出来ない。

体中、どこを見ても刀傷や矢傷がこれでもかというくらいに見つかり、かつその体は筋骨隆々で、丸太くらいならその身体能力のみでへし折れそうにすら思える見た目。

顔立ちは悪鬼羅刹のごとくであり、笑っても威嚇しているようにしか思えないゲオルグを見て、とても手先が器用な職人さんなんですね、などと初見で看破できる人間がいるとしたらそいつは人材発掘業だけで食べていくことが出来るだろう。

「――まぁ、一応な。あんたのご期待に添えるほどの腕かどうかは分からないが……」

謙遜しつつそう言ったゲオルグに、女性の後ろ、カウンターの中で頬杖《ほおづえ》をついていたハリファが笑って言う。

「ははっ。ゲオルグ以上の腕の細工師は少なくともこのアインズニールにはいないね。もっと言うならクレアードでだって怪しいもんだ。ただ、大半の人がその正体を知らないってだけで、ね……細工師ジョルジュの名前を知らないかい？」

と、一見まるで関係のないような名前を出したハリファに、女性は頷いて、

「ええ、知っておりますけど……女性なら誰でも憧れる宝飾職人の名前です。最近ですと、ジュスト侯爵の奥方がお買い求めになり、パーティーに身に着けていってひどく羨ましがられたと聞いておりますが……」

「そう、それ。そこにいるんだよね」

と、ハリファがゲオルグの顔を指さした。

その行動の意味を、女性はしばらく考えたようで、ハリファの指と、ゲオルグの顔を交互に見ながら、口元に手を当てる。

そして、はっとすると、

「細工師ジョルジュ……ゲオルグ!?　まさか」

と、やっと理解したように叫んだ。

それを聞いてハリファが、

「ほんとまさかだよね。ゲオルグだからジョルジュって。綴《つづ》りそのままで帝国読みから聖国読みにしただけじゃないか。手抜きにもほどがある。ゲオルグ、隠す気あるの？」

と馬鹿にしたように言った。

ゲオルグは、

「へっ。今のところ気づいた奴なんてほぼ皆無だぜ。イマーゴの婆さんと、お前、それにレインズくらいなもんだ」

実際、この店の先代であるイマーゴはそれなりの規模の街とはいえ、辺境に近いこのアインズニールにいるのが不思議なほど、見識優れた人だった。

見かけはただの意地悪婆さんなのだが、たまに恐ろしくなってくるほどに物事の本質を見ていた。

彼女を知る者は、千里眼ババアと愛情込めて呼んで頼りにしていたくらいである。

そして、今ゲオルグの目の前にいるイマーゴの孫は、意地悪な性格のみならず、その千里眼すらも継いでいた。

イマーゴはあれでかなり口の固い人で、孫にすらゲオルグが何者か詳しいことは教えなかったようで、ただ馴染《なじ》みの冒険者であることだけ教えていたようだが、ある日、ハリファはゲオルグに言ったのだ。

「手先、器用なんだね。意外だったよ、ゲオルグ——いや、ジョルジュ」

と。

イマーゴが死んでから、ここへは足が遠くなっていたが、そう言われたそのときから、この店はまた、ゲオルグの馴染みの店に戻った。

以来、イマーゴがいたときと同じように、お互いに頼りにし、頼りにされる、そんな関係を続けている。

今回のこの女性のことは、その一つになるだろう。

知らない人間から見れば、ハリファの言動はすべて適当で信用ないものに映るが、この男もまた、口は意外なほどに固い。

そんな彼がこの女性にゲオルグのもう一つの名前を言ったということは、そうしても問題ない、問題があったとしたら彼の方でしっかりと対応するということだろう。

「僕はまだまだおばあちゃんには及ばないさ……レインズさんにもね。ただ、錚々《そうそう》たる顔ぶれに並べてもらえたことには感謝しておこう。それで、どうかな、ゲオルグ。この人からの頼み、受けてくれない？」

最初からそのつもりでハリファはゲオルグに話を振ったのは間違いない。

そもそも、この店は客を選ぶ。

これは比喩ではなく、本当に客を選ぶのだ。

この店の存在に、表通りを歩く人間が気づかないのは、この店にある魔道具のせいである。

イマーゴが持っていた古い魔道具で、こういった建物の周囲限定であるが、特定の人間しか店を意識できないようにするものだ。

つまり、ゲオルグがここに入れたのは、ハリファに入れる意思があったからだということになる。

ゲオルグをこの女性と初めから関わらせるつもりだったのだ。

もしかしたら、魔石の消耗すらも読んでいたのではないかとすら思ってしまうが、流石にそれはないだろう。

そう思ってハリファの顔を見ると、その瞳はきらりと輝いていた。

……たぶん、ないだろう。

「頼みを受けるも何も、一体どんな頼みなんだ？　それを聞かなければ判断できねぇぜ。まさかドレスを着て夜会に出ろなんて言わねぇだろうな？」

冗談めかしてそう言ったゲオルグに、ハリファは吹きだす。

「いいねぇ！　どっかから夜会の招待状が来てたと思うから、そうしよう。もちろん、僕がエスコートしてあげるよ、ゲオルグちゃん？」

「……自分で言っといてなんだが、勘弁してくれ。で、本当の依頼はなんだ？　お嬢ちゃん」

と、顔を女性に向けたゲオルグ。

女性はハリファとゲオルグのやり取りに啞然《あぜん》としていた表情を改め、自己紹介から始めた。

「え、ええと……流石にお嬢ちゃんという年ではありませんので、まず、私の名前から……カティア・コラールと申します。よろしくお願いします」

「ゲオルグ・カイリーだ。ゲオルグと呼んでくれ。ジョルジュとは呼ぶなよ？」

その事実について、無理に隠したいとまで思っているわけではないのだが、広めたいと積極的に思っているわけでもない。

あまり知られると冒険者稼業がしにくくなるので、口止めしておく必要があった。

流石にハリファが見込んだ女性だということなのか、カティアはゲオルグの言葉に頷いて、

「もちろんです、ゲオルグさん。細工師ジョルジュと言えば……社交界の淑女たちがそれこそ血眼

になって探している方です。その正体が明らかになれば……ちょっと想像がつかない混乱がこのアインズニールに訪れることは想像に難くありませんもの」

そう言った。

流石にそこまでとは思っていなかったゲオルグは、カティアの言葉に表情が引きつる。

せいぜい、細工師としての仕事の依頼が増えるくらいだと思っていたのだ。

「いやいや、流石にそこまでのことにはならないだろ……？」

しかしカティアはそう言ったゲオルグに首を振った。

「ゲオルグさん……それは淑女の身に着けるものに対する情熱を軽視していますわ。細工師ジョルジュの作った宝飾品が関わってくるとなると……場合によっては、暗殺者が派遣される可能性もあります」

「……なぜだ……？」

「それはもちろん、先に手に入れた者から奪い取るため、ですわ。数に限りがあるものですから、手に入れるためにはそうするほかないと考える者がいないとは言えません。それくらいに細工師ジョルジュの作り出す宝飾品は社交界においてステータスなのです」

これにゲオルグは驚く。

自分の細工師としての腕に自信がないわけではない。

師匠たちと比べるとどうか、とは思うが、それでも一般的な細工師のそれよりはずっと優れている。

名前もそれなりに知られているのは分かっていたし、売ればいい値がつくことからも需要がかなりあるのも分かってはいた。

しかし、まさか自分の作ったもの欲しさに暗殺者が暗躍するほどだとは流石に思っていなかった。

ゲオルグはその鬼のような顔を少し青くして、改めてカティアに頼むように言う。

「……ほんと、ジョルジュってのは黙っておいてくれ」

それに対し、カティアは、

「私も命は惜しいですから。噂の出どころが私だと知れれば毎日安眠できる自信がありません。何があろうと口外は致しませんわ」

と確約してくれたのだった。

それからカティアは遠慮がちに言う。

「……ですが、そうなってくるとお願いしづらいのですが、これを、どうにか直してはいただけませんでしょうか」

と本題についてである。

カティアがそう言って差し出したのは、一つの古びた武器だった。

ゲオルグは言う。

「……こいつは、【魔銃】だな？」

【魔銃】とは、魔術を固定化し、術莢《じゅつきょう》と呼ばれる弾丸に込めて、それを特殊な魔導回路を通した器具でもって放つ、という設計思想の武器である。

古代遺跡から出土したのが始まりで、それを真似《まね》た新しい魔銃が百年ほど前に再発明された。

魔術を使うことが出来なくてもこれを使えば魔術師と同じことが可能になるため、開発された当初は持て囃《はや》されたのだが、最終的にはそれほど重宝されない武器として、その熱は冷めていった。

と言うのも、装填できる魔術には限界があり、初級魔術程度しか弾丸に込めることが出来なかったためだ。

古代のものにはそう言った制限はなかったのだが、それと同じものをどうしても作ることが出来ずに終わってしまった。

結果として、今では見捨てられた武器に近い。

全く存在しない、というわけではなく、街や村に一応の護身用に置いてあることは少なくないが、結局のところ使用するためには弾丸に魔術を籠《こ》めなければならず、それは魔術師しか出来ないため、実用性が高くないのだ。

魔術師が魔力節約用に使うことも出来なくはないが、初級魔術しか装填できないというのがそこで効いてくる。

強力な魔物に対抗するにはいささか力不足なのだ。

さらに言うなら、銃撃を放つ方向の操作も魔術を放つ場合と比べると難しい。

そのため新人冒険者くらいにしか使いどころがないが、新人が購入するにはいささかお高いものなのだ。

非力な貴族女性には重宝されているが、その程度である。

結果として、うまく活用がされずに歴史の波間に消えようとしている武器、それこそが【魔銃】である、と言えるだろう。

そんなものを後生大事に持っている人間は今の時代、少数派なのだが、この女性はその少数派に属するらしかった。

「ええ。祖母の形見で……ただ、ついこの間まで、実際に使っていたのです」

とカティアは言う。

その言葉が意外だったゲオルグは尋ねる。

「今時、魔銃なんて使う奴がいたとは……護身用か？」

それならまだ、使いようがある。

若い女性が自らの護身のためにというのであれば、十分に強力な武器だからだ。

実際、貴族女性の間では比較的人気だと聞いたこともある。

しかしカティアは、

「いえ……それは、現代のものではなく、古代のものですから。護身用としてでなくとも使えますわ。私は主に、仕事でそれを使っております」

言われて、ゲオルグは改めて魔銃を見た。

確かに、素材からして最近のものとは異なる。

懐から、内部の回路を見るための片眼鏡《モノクル》を取り出して見てみると、その複雑さは現代のものとは雲泥の差だった。

確かに、これを直すのは相当に困難だ。

それをハリファが一目で理解してしまったのは、特殊な目を持っていて、こういった魔道具の回路を特別な道具なくして見ることが出来てしまうからだ。

ゲオルグには流石にそれは出来ない。

ただ、その割に、ハリファは手先はあまり器用ではなく、細工師としては三流もいいところだ。

特別な才能があるのだから、修行すればものになりそうだと思うのだが、ハリファは自分には向いていないとそれで満足しているとよく言っている。

まぁ、ハリファは細工師としてより、商売人として魔道具を仕入れる方がよほどうまいので、自分の向き不向きをよく分かっているとも言える。

「仕事で……ね。あんた、何者なんだ？」

別に警戒したわけではなく、単純に気になったゲオルグである。

カティアもまた、なんでもないことのように答えた。

「私の職業ですか？　普段は王都で冒険者をしておりますわ。今こちらにいるのは、亜竜の被害が出ているということでアインズニール冒険者組合《ギルド》から呼ばれたからです」

◆◇◆◇◆

「アインズニール冒険者組合《ギルド》から呼ばれただと？　だとしたら、あんたは……」

ここ数日の出来事、そのすべてがゲオルグの頭の中を行き過ぎる。

その結果、出た答えは、目の前の女性、カティア・コラールこそが、亜竜討伐のために呼ばれたA級冒険者である、ということだった。

そんなゲオルグの予測を、カティアは肯定する。

「どうやら、これだけでご理解いただけたようですわね。貴方は細工師ジョルジュということですが、もしや副業が……？」

そう言われて、話していなかったか、と思ったゲオルグは改めて説明する。

「あぁ。細工師の方はどっちかというと副業だな。本業は冒険者をしてる。B級冒険者、ゲオルグ・カイリーこそがこの街での俺の呼び名だ」

その言葉にカティアは納得したように頷き、

「その腕の太さと傷だらけの体でただの細工師と言われても困惑しかなかったですわ。なるほど、冒険者でいらっしゃったのですね。納得です。それにしてもB級ですか。ご立派ですわね」

と嫌味でなく称賛する。

これにゲオルグは首を振り、

「……A級に言われても、おぉ、その通り、確かに立派だぜ俺は、とは言えねぇけどな」

と冗談めかして言った。

しかしカティアの方はそんな風に茶化すことなく、真正面から、

「いいえ。そんなことはありません。B級冒険者であり、かつ超一流の細工師でもある……そんな

人物など滅多におりませんもの。それに、その腕……肘から掌にかけても多くの傷があります。私の見立てが正しければ、その傷は油断からついたものではなく、誰かを庇《かば》ったがためについたもの。細工師にとって最も重要な両腕、それに指の近くにまでそのような古傷がある貴方は、自らの身に付けてきた技術よりも、人の命こそを大事にされてきたのでしょう。私は、誰がどう言おうとも、貴方を尊敬しますわ」

と称賛してくれる。

その内容に間違ったところは確かに何一つとしてない。

ゲオルグは、たとえ自分の腕が、そして指先が動かなくなる危険があったとしても、それしか方法がないのであれば目の前の救える命をこそ、重視してきた。

肉の盾になることを躊躇《ちゅうちょ》したことなどない。

だからこそ、腕のみならず、細工のときの重要な指先にすらもいくつかの古傷がある。

しかし、そんなことまで一目で看破し、指摘したうえで称賛までしてくる者など、冒険者になってから皆無だった。

ゲオルグの勇猛さを褒める者ならいたし、救われたことを感謝してくれた者もたくさんいた。

けれど、こんな風に、生き方そのものを称賛されたことはなかったのだ。

今まで一度もなかったそんな出来事に、ゲオルグは少し気恥ずかしくなり、

「そんな……大したことねぇ。俺は、俺のやりたいようにやってきただけだぜ」

とぶっきらぼうに言い放つ。

しかしカティアの視線は柔らかく、温かい。

居心地が悪くなりそうで、ゲオルグはそんな空気を払拭すべくことさらに明るく言う。

「まぁ、そんなことはいいんだ。それより、この【魔銃】の方の修理についてだ」

言われて、カティアも思い出したように言う。

「そうでした……直りますでしょうか？　流石に白金貨三百枚も出せないのですが……」

不安そうな顔をしている辺り、ハリファの冗談だか何だか分からない台詞を本気にしているらしかった。

A級冒険者ということだが、少し抜けている人物なのかもしれない。

いや、生真面目すぎるのかも。

ゲオルグはそんなカティアに言う。

「……ハリファの言った白金貨三百枚ってのは流石に冗談だ。本当にクレアードに行ってもそんなに取られることはねぇだろうしな」

その言葉にカティアは表情をぱあっと明るくする。

長く、冷たい氷のような髪色が、その見た目をかなり落ち着いた者に見せていたカティアであるが、そうやっていると随分と幼く見えた。

「本当でしょうか!?　でも……それでも、私が出せるのは白金貨五枚程度で……もし、もし足りなければこれから働いて返しますので、どうか分割になりませんでしょうか……!?」

と必死に言うカティアである。

白金貨三百枚は流石にないとしても、百枚二百枚なら人生を賭して払いそうな雰囲気だ。

まぁ、A級冒険者なのだから、なりふり構わず四、五年かければ問題なく払いきれる額だが、しかしそれでもかなりの高額なのは間違いないにもかかわらずだ。

よほど大切なもの、ということらしい。

祖母の形見ということだが、それ以上に大切そうである。

これを仕事で使っている、ということだから主武器が魔銃、ということなのだろうか。

珍しいことだな、と思いつつ、ゲオルグはカティアに言う。

「金は実費プラス技術料ってことになる。流石に白金貨五枚あれば足りると思うが、古代の品となるともっと見てみねぇと断言は出来ねぇな……おい、分解してもいいか？」

片眼鏡《モノクル》でもって魔導回路を見る限り、大まかな見立てとしてそれくらいは言えるのだが、本当に細かい内部構造は実際に肉眼で見てみないと何とも言えない。

だからこその質問で、カティアはこれに頷く。

「直していただけるのならば、もちろん構いませんわ」

「よし、それなら……ハリファァ。工房を貸してくれ」

ハリファァもそこまで腕が良くないとはいえ、一応は魔道具職人の端くれである。

必要な設備や道具を備えた工房くらいは持っている。

ハリファァは、

「もちろん、もちろん。まぁ、ゲオルグの工房と比べたら道具類はしょぼいけどそれでも良ければ」

「分解できりゃあいいんだ。そこまで拘《こだわ》らねぇぜ」

確かにゲオルグは意外なほどに道具に拘る。

それを皮肉ってのハリファの台詞だったが、ゲオルグには通じない。

肩をすくめながら案内されたハリファの工房は、その語り様とは異なり、十分な設備と道具が揃っていた。

確かに、ゲオルグからしてみればあれが足りないとかあれがあればもっといいのに、とか思うところはないではないが、そこまで卑下したものでもない。

これを見る限り、ハリファも色々と言う割に、真面目に職人として修行を積んでいるらしい。

考えてみれば最近のハリファの腕については見ていない。

以前よりもかなり腕を上げているのかもしれなかった。

「じゃ、遠慮なくお借りして、と……」

勝手知ったるなんとやら、ではないが、本来ハリファ専用であろう椅子にゲオルグは無造作に腰かけ、そして工具類を慣れた手つきで手に取って、カティアの【魔銃】を分解し始めた。

その様子は、カティアも手入れくらいは自分で出来るように学んできたが、とてもではないが真似できるようなものではなかった。

速度も正確性も段違いなのだ。

ほとんど神業と言ってもいいようなもので、なるほど国中の淑女が憧れる細工師の腕とはこのようなものなのかと納得せざるを得ない。

そんな風に感心されているとは露知らず、口笛を吹き始めそうなくらいの軽い様子で【魔銃】を分解していくゲオルグ。

ゲオルグは、ただ、分解しているだけでなく、分解しながら内部構造を観察し、また修復手順を頭に入れつつ、さらに使用されている理論や、魔導回路の構造を現代のそれと比較しながら、どうすればこれが修復できるかを並列的に考えていく。

それは論理的な思考であるのは間違いないが、一つ一つなぞって出来ることではない。

幾度も同じような作業をし、意識しないでもそれが出来るようになったうえで、作業のすべてを鳥瞰視《ちょうかんし》できるようになった一握りの職人のみが可能にする作業だった。

それをゲオルグは鼻歌交じりにこなしていくのである。

「……真面目に修行するのが馬鹿らしくなってくるね」

後ろで勉強がてら覗いていたハリファがため息を吐きながら言った。

本職である彼から見ても、ゲオルグのそれは超絶技巧に他ならなかった。

自分に職人としての才能がそれほどない、と自覚しているとはいえ、その腕を磨くことについて怠惰というわけではないハリファ。

当然、細工師として頂点に立つゲオルグのそれを盗もうと考えないはずがなかった。

しかし、運良くその機会を得て、実際に見てみれば分かってしまった。

これはただ見たからと言って容易に真似できるものではないのだ、と。

何か、特殊な思い付きとか、新しい理論に基づいて構築された作業手順だというのなら、ハリファにも真似することが出来ただろう。

しかし、ゲオルグのそれはそんなものではない。

もっとひどく単純な、修練に基づくものだ。

同じ作業を、何千、何万と正確に繰り返し、体が完全に覚えきっている。

そんな基本の上に築かれた強固な城のような技術体系が、ゲオルグの中で結実している。

ただそれだけなのだ。

極論を言えば、果てしない修行を、めげることなく繰り返せば、どんな人間にだって辿り着ける。

そんなものだ。

しかし、だからこそ、その途上でほとんどの人間が力尽きて倒れ落ちる。

その先にあるのが、ゲオルグの技術なのだ。

これを真似する、というのは無理だ。

要領の良さとか、才能とか、そういうものではない。

必要なのは、根気。

ただそれだけであるからこそ、どうしようもない。

とはいえ、人間は努力を続ければこれだけのことが出来るのだ。

そういう可能性を見せてもらったような、そんな気分になったハリファだった。

あらかた分解し終わったゲオルグは、言う。

「……これなら、何とかなりそうだ」

その言葉に、カティアは笑顔を浮かべて言う。

「ほ、本当でしょうか？」

「あぁ……ただ、技術的には可能でも、素材の方がな。月鶏《つきにわとり》の羽だろ、水馬《ケルピー》の吐息、それにヒュドラの三番首の血に……鬼魔術師《オーガ・メイジ》の角が必要だ。どれも入手困難な素材だし、こうなってくると金の方が……」

とゲオルグが言いかけたところで、カティアが腰に下げた革袋を漁《あさ》り、そして机の上にごとりごとりと色々な素材を出し始めた。

「月鶏《つきにわとり》の羽、水馬《ケルピー》の吐息、ヒュドラの三番首の血！　すべてここにあります。鬼魔術師《オーガ・メイジ》の角は……残念ながら手元にないですが、どうにか手に入れますので、お願いします！」

そう言い切った。

ゲオルグからしてみれば、素材があればそれでいい、というわけではなく、鮮度や大きさ、それに保存状態など色々言いたいことはあった。

しかし、矯《た》めつ眇《すが》めつ、カティアの出した素材の品質を確かめる限り、問題がありそうなものはない。

非常に良い保存状態であり、ゲオルグがカティアにその理由を尋ねれば、しっかりと納品できる状態に素材を保つのは冒険者としての常識であると言われてしまった。

それは全くその通りで、ゲオルグもそう心がけて素材を収めてきたが、同じ意識で仕事をしている冒険者の数はあまり多くなかった。

皆、持ってくればそれでいいんだろう、とどこかで思っているようで、冒険者組合《ギルド》の方もどこか諦めている節がある。

もちろん、良い保存状態で素材を持ってくれば依頼料にも色がつくのだが、細かいことを気にしないのが冒険者である、という昔からの感覚もあり、丁寧に素材を扱う冒険者は少ないのだ。

ランクが上がるにつれてそういった部分にも配慮する者は増えてはいくのだが、C級まではその辺り、分かっていない者が大半だ。

ゲオルグは感心して言う。

「職人からしてみれば、これほどしっかり素材を保存しておいてくれるとありがたいな。最近の奴らはこういうこともしないから……」

言いながら、確かに手間がかかるから仕方ないかもな、とも思うゲオルグ。

月鶏《つきにわとり》の羽は狩猟したら即座に抜いて水につけなければならないし、水馬《ケルピー》の吐息は生きて捕獲した上で採取するのが良いとされている。

ヒュドラの三番首の血にしても、熱を加えたものは品質が落ちるとも。

それらすべてを求められる水準で採取しているカティアは優秀な冒険者なのだろう。

「ここまで拘らない方が効率がいいのは分かっているのですけど、いいものを作ってほしいものですから。鬼魔術師《オーガ・メイジ》の角だけは手持ちがないのでいつになるか分かりませんが……お願いできますか？」

ゲオルグはここまで聞いて、この女性に力を貸したいなと強く思うようになっていた。

職人として、こんな風に言ってくれる人物になら、ぜひとも力を貸したいからだ。

そして、彼女が必要としている素材の入手先に、ゲオルグは心当たりがある。

「カティア。それについてはこんな話があるんだぜ」

そしてゲオルグは、カティアに【風王の墳墓】について教えた。

第三章 鬼人退治

The underdog middle-aged adventurer lives his life to the fullest today as well.

「……今日、こうしてお前らに集まってもらったのは他でもねぇ。迷宮【風王の墳墓】において確認された鬼人《オーガ》の幼生体と思《おぼ》しき個体の件で、事態に進展があったからだ」

冒険者組合《ギルド》の中で、そう説明しているのは、アインズニール冒険者組合《ギルド》の冒険者組合長《ギルドマスター》、ゾルタン・ラツヴァイト。

集まっている冒険者たちの中で、ゲオルグを除けば最も冒険者らしい容姿をしている彼であるが、しかしその頭はつるりとしたものだ。

さらに片目を潰していて、刀傷が縦に走っている。

もともとはB級冒険者だった彼だが、かなり強力な魔物……というか魔族と戦い、その際に潰れた右目の他にも足をやられて冒険者として再起不能とされた。

今でも彼はその足を引きずって歩いている。

回復薬や治癒魔術で治癒できる限界を超えた傷だったのだ。

あくまでも本人の体力や魔力を活性化させて治癒するという原理上、本人の生命力がひどく弱っている状態だと、治癒できない場合も少なくない。

大きな欠損の治癒にはただでさえ体力や魔力を消費するうえ、術式も複雑で難しく使用できる者は中々いない。

それに加えて、欠損を抱えたまま長時間放置すると、もはや通常の回復薬や治癒術で治すことは出来なくなってしまうこともあるのだ。

それでも、教会の聖女の手によれば治る可能性もあるのだが、これには多大なるコネと寄付が必要である。

いくら冒険者組合長《ギルドマスター》と言えど、アインズニール程度の規模の街の冒険者組合長《ギルドマスター》ではそこまでの権力も富も持てない。

結果として、あの姿で二十年間、冒険者組合長《ギルドマスター》としてアインズニールの街を荒くれの冒険者たちを率いて守り続けている。

そんな彼を慕っている者は少なくなく、粗野で大雑把な冒険者たちも、彼には一目置いているというわけだ。

ゾルタンは続ける。

「つい先日、俺たちアインズニール冒険者組合《ギルド》は、鬼人《オーガ》の幼生体が出現したとの報告を受けた。そして即座に鬼人《オーガ》が迷宮内で繁殖している可能性を考えた。その後、しばらくの調査を続けた結果、その推測が事実であることも確認した。まだ、巣、それ自体については発見できてねぇが、迷宮内部の鬼人《オーガ》の数や分布からある程度、巣のあるだろう区画は絞ってある。後は、人海戦術で鬼人《オーガ》をひたすら叩《たた》き潰すだけだ」

迷宮は広く、そのすべてを数日間で調査する、というのはほとんど不可能に近い。

けれど、鬼人《オーガ》の数の増加の仕方や、分布を調べれば巣の存在やその方角については、冒険者組合《ギルド》の持つノウハウを活《い》かしてある程度特定することは可能だ。

「みんなも知っての通り、鬼人《オーガ》の巣はその中心に繁殖の肝となる鬼姫《オーガ・プリンセス》か鬼妃《オーガ・クイーン》がいるもんだ。こいつらを倒しさえすれば、他は大した問題にならねぇ。時間をかけて地道に潰していけばそれで終了だ。ただ、こいつらを潰さなければ、いつまでも増え続ける……それどころか、いずれ鬼将軍《オーガ・ジェネラル》や鬼王《オーガ・キング》が生まれて、鬼人《オーガ》共を統率し、一群となって迷宮から溢《あふ》れだすことになるだろう。そうなったとき、どうなるか。それくらいは知っているな？」

あまり学のない者が少なくない冒険者たち。そのため、あまり資料を読んだりしない者が多いが、このことについてはそれこそ子供ですら知っているような話だ。

自分の親兄弟に御伽話《おとぎばなし》として必ず聞かせられるような類の話だからである。

曰《いわ》く、群れとなった鬼人《オーガ》は村を滅ぼし、街を滅ぼし、そして国をも滅ぼすことになる、と。

これは歴史的に本当にあったことを童話としたもので、様々な国で色々なバージョンになって広まっているが、その大体のものが最後には騎士や英雄が鬼王《オーガ・キング》と鬼妃《オーガ・クイーン》を討ち滅ぼして終わる。

変わったところでは世界は鬼人《オーガ》のものになりました、という悲劇的な結末で終わるものもないではないが、捻《ひね》くれた作者が作ったブラックジョークみたいなものである。もしそれが事実ならこの世はすでに鬼人《オーガ》の楽園になっているだろう。

つまり、歴史的に鬼人《オーガ》が人類の存続を脅かすほどの勢力となったことがあり、巣が出現したというのはその危険性があるということだ。

だからこそ、鬼人《オーガ》の巣は見つかり次第、早く、確実に潰さなければならない。

冒険者たちの顔が真剣な色に染まる。

「ま、今回は比較的早い時期に見つかった方だ。そこまで心配することはねぇが、少なくとも鬼魔術師《オーガ・メイジ》や鬼騎士《オーガ・ナイト》くらいはいると思っておいた方がいい。特に、巣の中心部近くは確実にこいつらが守ってるはずだ。注意しろよ」

——おう！

という犇《ひし》めき合う冒険者たちの威勢の良い返事が冒険者組合《ギルド》の中に響く。

「……じゃあ、最後に、パーティー分けと担当区域の割り当てについてだ。基本的に普段からパーティー組んでる奴《やつ》はそのままだ。あくまでソロの奴の話だな。その中でも、ゲオルグ、レインズ、ニコール、それにカティア。こいつらが巣の中心部に突入する奴らだから、援護しろ。実力については知ってるな？　カティアについては知らねぇ奴が大半だろうが、亜竜のために呼んだ王都で新進気鋭のA級冒険者だから、実力的に何の申し分もねぇ。分かったな？」

ゲオルグとレインズはB級であるし、ニコールは女性であるが、これもまたB級の冒険者だ。

そのため、ここに集う冒険者たちは何の不満もなかったが、知らない名前、カティアと言われたときには少し空気が悪くなった。

けれど、ゾルタンの説明を聞いてほとんど全員が納得する。

というのも、A級などになれるのはそれこそ爪の上の砂粒よりも少ないということを誰もが分かっているからだ。

一部、低ランク冒険者が納得しかねる顔をしていたが、彼らはこれから上位冒険者になるのがどれだけ難しいか知っていく過程で、自分の考えがいかに浅はかだったか知ることだろう。

今回、鬼人《オーガ》の掃討に参加するのは鬼人《オーガ》討伐の適正ランクであるC級やそれに比肩するD級冒険者ばかりではなく、E級とF級も一部だがいる。

それは、今後、同じようなことがあったときのために後進にも経験を積ませておく必要があるためだ。

鬼人《オーガ》相手の戦闘には参加させないが、それ以外の迷宮の魔物で倒せるものは彼らが担当し、魔力や体力の節約を狙うという面もある。

もちろん、そうは言ってもあまりに弱い者、また人の指示を聞けない者は参加させない。

むしろ将来有望か、十分に経験を積んできて、上のランクにそろそろ上がっていけそうな者だけが選抜されている。

その中には驚いたことにアーサーとセシルもいた。

どうやら、亜竜を倒しはしなかったとは言え、退けたらしいことが評価されてのことらしい。

詳しくは秘密だと言われてしまったが、冒険者組合《ギルド》にはある程度、その事情を詳しく説明しているようだから、ゲオルグとしては構わない。

それに、今回の依頼では彼らとは完全に別行動になる。

彼らの実力や何が出来るかについて、ゲオルグが事細かに知る必要はない。

脛《すね》に傷を持つ者ばかりの冒険者たちの中で、知りたがり屋は、あまり好まれないものだ。

「じゃあ、連絡は以上だ。これ以上の細かいことは同行する冒険者組合《ギルド》職員に馬車の中で聞け。武運を祈る」

そう言って冒険者組合長《ギルドマスター》は腕を掲げた。

その場にいた冒険者たちはゾルタンに向かって、

「おう！」

と怒号にも似た声で返事をし、そしてそれぞれ馬車乗り場へと向かっていく。

かなりの数の冒険者が【風王の墳墓】に向かうため、馬車の数は多いが、どの馬車に乗るかは冒険者組合《ギルド》からパーティーごとに指示されている。

担当する冒険者組合《ギルド》職員も決まっていて、ゲオルグたちの担当もまた、決まっていた。

すでに馬車に乗って待っていることだろう。

「さて、俺たちもそろそろ行くか。レインズ」

横で冒険者組合長《ギルドマスター》の話を一緒に聞いていたレインズにそう言ったゲオルグ。

レインズは頷《うなず》いて、

「そうだな……だがその前に、淑女《レディ》を二人、迷宮でのダンスの誘いに行かねぇと。ニコールと……それから、なんて言ったか？」

カティアだが、レインズはまだ会ったことがないようだ。

ゲオルグが言う。

「……カティアだ」

至って普通に口にしたつもりだったが、ゲオルグの言い方に何か感じたらしいレインズが、胡乱《うろん》

な顔でゲオルグを見、それから怪しげな笑いを浮かべて、

「……ははーん、ゲオルグ。その女と何かあったな？　おい、何したんだ？　まさか昔の女とかか？」

どうやら、とんでもない方向に勘違いしたらしいレインズである。

もちろん、そんなレインズにゲオルグは即座に反論しようとした。

しかし、

「……あぁ、ゲオルグ。ここにいましたか。今回は一緒に依頼を受けるということで、楽しみにしていますわ。よろしくお願いします……レインズさんも」

と、水色の長い髪を流している、見覚えのある女性がこちらに歩いてきてそう言った。

カティアである。

ハリファの怪しげな店の暗い中で会ったときと比べると、その顔の整っていることがよく分かり、少し動揺するゲオルグ。

思っていた以上に美しく、どこか芯の通った表情をその眉が表していた。

声から漂う品から、もっと嫋《たお》やかな容姿だと考えていたが、そうではなく、むしろ野に咲く花のようですらある。

つまりは、改めてしっかり見てみると、ゲオルグの好みにかなり近くて焦った。

そういう話だった。

そんな親友の心の動揺を、見逃すレインズではない。

さらにレインズは、カティアのゲオルグに対する呼び名からも違和感を抱いたようだ。

魔銃の修理についての話の後、若干の雑談もした際に、別に、『さん』付けなんてしなくていいぜ、とゲオルグが言った結果、呼び捨てになったのだが、そんな説明をするまでもなくレインズは、積極的に誤解する。

「へぇ……ゲオルグ、ねぇ。なるほど。こいつぁ面白そうだ。それで、カティア嬢。俺はレインズ・カット。B級冒険者をやらせてもらってる……ついでに、こいつの親友だ。今回の依頼は俺も一緒だから、よろしく頼むぜ」

笑いかけるとその辺の女が十人は引っかかりそうな甘やかな表情をレインズはカティアに向け、握手を求めた。

カティアはそれに対し、穏やかに微笑《ほほえ》み、手を取る。

「こちらこそ、よろしくお願いいたします。カティア・コラールと申します。冒険者組合長《ギルドマスター》の方からもお話がありましたが、王都でA級冒険者をしておりますわ。——それにしても、貴方が、レインズさんですか。ハリファさんと、ゲオルグから色々と聞いております」

と、不穏な台詞《せりふ》を言いながら。

思いもよらない言葉に、ぎぎぎ、と首を傾《かし》げ、視線で「お前、一体何を話したんだ？　場合によっちゃただじゃおかねぇ」と雄弁に語るレインズ。

それにゲオルグは、顎を摩《さす》りながら、

「……そういや、色々話したな。お前の十年前の悪行とか。病気の令嬢を救うために貴族に切りかかった話とか、素材欲しさのために無理をして崖から滑り落ちて、尻の部分の布だけ破れた状態で街に帰ってきた話とかな」

これにレインズは思い切り顔を歪《ゆが》めて、

「……おい、ゲオルグ。お前なんて話を人に教えてんだよっ！」

と、殴りかかってくる。

ゲオルグは慌てて、

「悪いって！　そもそも、俺から始めたんじゃないぞ？　ハリファがイマーゴの婆《ばあ》さんから聞いた話をし始めたんだから。なぁ？」

そうカティアに水を向ける。

カティアは上品に微笑みながら、

「ええ。そうでしたわ。とても楽しいお話で……」

「いや、あの、カティア嬢。ハリファとゲオルグの言ってる話は大体誇張されてるからな？　二割とか三割くらい、割り引いて聞いてくれよ。ほんと、頼む」

レインズはそう、言い訳のように言った。

実際のところ、ハリファもゲオルグも二割から三割、抑えて話していたので、むしろ割り増しして捉えるのが正解である。

しかしそこまで念を入れて訂正するほどゲオルグは冷血ではなかった。

カティアは素直で、

「ええ、でしたらそのように」

と頷いた。

色々と察しはついているだろうにあえてそのように振る舞うカティアは随分と出来た女性であるらしかった。

そこに、

「なんだか面白そうな話をしてるじゃないか。私も交ぜてくれないかい？」

そう言って、一人の女性が近づいてくる。

カティアとは正反対の髪色、燃えるような色の髪を肩の辺りでざっくりと切った、潔い雰囲気の女性が、そこにはいた。

彼女の名前は、ニコールと言った。

ニコール・ラツヴァイト。

つまり、冒険者組合長《ギルドマスター》の実の娘である。

◆◇◆◇◆

「面白そうって、お前、人の失敗談を面白い話扱いすんなよ」

レインズがニコールに抗議するようにそう言うと、

「面白いものは面白いんだから仕方ないじゃないか。——そうだ、今度、スエルテ伯爵家主催の夜会があるんだけど、そこで令嬢たちにあんたのその話をしよう。きっと人気者になれるだろうよ、私は」

と返ってきた。

スエルテ伯爵とは、このアインズニール周辺を治めている貴族であり、代々辺境を治めてきた家であるからか、他の貴族と違って冒険者という存在に対する敬意がある。

そのため、それなりのランクに至った冒険者については、夜会への招待状が送られることも多い。

他の貴族がそういうことをすることは全くない、というわけではないが、するとすればよほど名前が知れていたり、特別な事情を持っているようなもの——たとえば、その冒険者が恐ろしく美人であるとか——に限られる。

スエルテ伯爵は、B級冒険者も頻繁に誘い、夜会でも厚遇してくれる比較的珍しい貴族だった。

まぁ、ニコールについては珍しい女性のB級冒険者であるし、その容姿もいささか勝気なところが見えすぎるところはあるが、美人なのは間違いない。

スエルテ伯爵でなくとも彼女をパーティーに呼びたいと考えるのはおかしくない。

そして、レインズも割と夜会に呼ばれる方だ。

彼は若いときからその容姿が騒がれていたし、B級まで昇れるだけの才気を見せていたから、貴族からも注目されていたのだ。

そんな彼が夜会に出れば、結構な数の貴婦人たちが寄ってきてダンスを強請《ねだ》ったり、しなだれかかったりしてくる。

ニコールの台詞は、そういった貴婦人たちを幻滅させてやるからな、という一種の脅しのようなものであった。

ちなみにゲオルグもまた、夜会に呼ばれることはある。

しかし、それはゲオルグとしてではなく、細工師ジョルジュとしてだ。

出来ることなら勘弁してもらいたいところなのだが、宝飾品店店主ジョイアに、頼むから自分の顔を立てると思って、と言われたら断ることは出来ない。

ジョイアには昔から作り上げた細工物を引き取ってもらってきた恩があるし、彼はゲオルグがジョルジュであるということについて、今まで一度たりともどこにも漏らしていないのだ。

これほどに信用できる商人はおらず、今後、そのような人物と知己を得られるとも思えない。

だから、いつも仕方なく出席している。

ちなみに出席する際は、出来る限り服装も選び、目立たないようにして行く。

ゲオルグと言えば無精ひげを生やした大剣を背負った大男、というイメージであるが、夜会においては綺麗《きれい》にひげは剃《そ》り、服装も落ち着いたきっちりとしたものを纏《まと》っているためか、全く誰にも気づかれることはない。

それでもやっぱり、レインズだけは気づくのだが、彼もその場でどうこう言うことはない。

貴婦人たちの相手で精いっぱい、というところもあるかもしれないが。

「おい、やめてくれって……」

懇願するようにレインズが言うが、ニコールは一顧だにしなかった。

ニコールもまた、古い付き合いで、だいぶ前からレインズとはこんな関係である。

初めて会ったときはまだニコールが十代、冒険者になる前であり、B級とは言わないまでも、そのときにはすでにレインズもゲオルグも一端《いっぱし》の冒険者になっていた。

そのときから二十年近く経《た》って、まさか彼女が自分たちと同じランクまで昇ってくるとは思ってもみなかった二人である。

なにせ、B級冒険者になるのはそれほど簡単なことではないのだ。

しかも女性の身で、である。

これはほとんど快挙と言ってよく、やはり父親の血が彼女の中に流れていることを深く理解させるものである。

そんな彼女であるから、女性がA級になるということがどれほど大変なことかも分かっていた。

ふっと視線をカティアの方に向け、レインズに向けていたものとは異なる、女性的な微笑みで手を差し出した。

「あんたが王都から来たA級冒険者だね？　ニコール・ラツヴァイトだ。今回はむさ苦しい男二人と同道ということだけど、パーティーの手綱はしっかり私たちで取ろう」

と、完全に尻に敷く発言である。

これにカティアは吹きだすように笑って、

「ふふ、そういたしましょうか。カティア・コラールです。よろしくお願いします」

手を差し出し、ニコールの手を握った。

ニコールはそれに、

「……随分ほっそりした指だね？　A級なのに……意外だよ」

と驚いたように言う。

ニコールの手は女性にしてはかなり固く、それは彼女が剣を持って戦う剣士であるからだが、冒険者などをやっているとどんな戦い方をするにしろ、徐々に手は固くなり、女性的なしなやかさを失っていくものだ。

しかし、カティアの手は、そんな一般論からは外れたところにある。

見た感じ、ほっそりとして美しく、しなやかだ。

肌も白く滑らかで、まるで貴婦人のようですらある。

これにカティアは、

「そうですか？　それほどでもないと思うのですが……」

と、不思議そうな顔で言う。

嫌味や謙遜で言っているわけではなく、真実、そう思っているようであった。

ニコールはそんな彼女を見て、

「なるほど、こういうタイプか……仲良くなれそうだね」

そう言って笑う。

ニコールはその容姿通り、かなりさっぱりとした人間だが、女性的な振る舞いが出来ないというわけではない。

夜会に出たときは、目を疑いたくなるほど華やかな貴婦人のように振る舞うのである。

言葉遣いも、今のような冒険者風ではなく、貴婦人のものに変わる。

つまり、女の世界の怨念渦巻く海の中を自在に泳ぐことが出来る人でもある。

ただ、好き嫌いの話を言うのなら、そういうものがないところの方がいいらしい。

そのためか、ニコールの友人は大体が、彼女自身のような一見明け透けに見えるタイプか、色々な物事にあまり頓着しない、天然っぽい人物ばかりである。

カティアは、後者の方に分類されたようだ、とゲオルグは思った。

「……？　よく分かりませんけれど、仲良くしていただけるのなら良かったですわ。今日は頑張りましょう」

カティアはそう言って微笑み、その様子にゲオルグとレインズも今日の依頼はうまく進みそうだと思ったのだった。

◆◇◆◇◆

「……着いたか」

【風王の墳墓】を目指して、ガタガタと進んでいた馬車が止まり、ゲオルグがそう呟《つぶや》いた。

それと同時に、真っ先に馬車を飛び出したのはレインズである。

乗物が苦手というわけではないが、馬車の中の沈んだ空気をさっさと払い落したかったようだ。

馬車にはゲオルグたちの他、C級のパーティーも一つ乗っていたのだが、その彼らが随分と後ろ向きというか、今回の依頼内容に怯《おび》えていたので、しっかり気を付けてやれば大丈夫だということを懇々と説明してきたのだ。

鬼人《オーガ》の巣の掃討など、十年に一度あるかないかで、そんな経験などしたことがなかったことが彼らの不安に拍車をかけていたようで、昔、一度経験しているゲオルグとレインズが、そのときのことを教えた。

そのお陰か、だいぶ彼らも明るくはなったのだが、目的地が近づくにつれて少しずつ気分が陰に傾いてしまったのだ。

流石《さすが》にもう耐えられないと、レインズはそういう気分だったのだろう。

分からないでもない。

カティアとニコールは、馬車を出るとき彼らに「何かあればすぐに逃げるか、周りの冒険者に助けを求めることです」とか「そんなに怖いんならやめちまいな」とか言って出ていった。

最後に残ったゲオルグは、

「……お前らの気持ちは分かる。どうしても怖いときってのは誰だってあるからな……依頼を放棄するってのも、また勇気だ」

と言う。

すると、C級のパーティの一人、二十代前半と思しき青年が、

「今になってそんなことをしたら、冒険者組合《ギルド》の評価が下がるだろ？　出来ない……それに、俺は

……どうしても今回の依頼は成功させないとならないんだ……」

そう言った。

それは確かに彼の言う通りだ。

一度受けた依頼を途中で放棄する。

すると評価が下がり、場合によってはペナルティが科され、ランクが下がったり、罰金を取られたりする。

けれど、

「その状態で戦ったら死ぬぞ。命と評価、どっちをとる？」

「……」

ゲオルグの言葉が図星だったのか、青年は何も返せないようだった。

けれど、それに同じパーティーの者たちが、

「……リーダは、今回の依頼が失敗したら実家に戻れって言われてるんです。だから無理して……」

と説明する。

詳しく聞けば、彼――リーダは本来、故郷にある店を継がなければならない立場にあったのに、親の反対を押し切って冒険者をしてきたのだという。

しかしそれでも、親は親だ。

最近、C級になれたので、流石に親も理解してくれるだろう、と実家にのこのこ話し合いに行ったら、些細《ささい》なことで喧嘩《けんか》になり、最終的に売り言葉に買い言葉で、C級なら鬼人《オーガ》の皮くらい自力で

取ってこられるんだろうな、ああ取ってこられるさ、山のようにな、ということになってしまったらしい。

出来なかったら冒険者を辞めて、実家を継ぐようにという約束付きで、である。

「……また、馬鹿なことをしたもんだな」

呆《あき》れてしまったゲオルグに、リーダも力なく笑って、

「その通りだ……でも、俺はどうしても認めてほしくて……」

まぁ、全く気持ちが分からないというわけでもない。

若いのだし、そういうこともあるだろう。

そして、そういうことなら、彼としても引けないということも分かる。

「……しかしなぁ。それならもう、腹を括《くく》れよ。やるしかないだろ？」

ゲオルグはそう言った。

リーダもそれは分かっているのだろう。

けれど、

「俺たちはまだ、C級になったばかりなんだ。鬼人《オーガ》はC級でも上位の魔物で……不安なんだよ」

そう言いながら、下を向く。

これはどうしたものか。

励ましてもどうにもならなそうだし、深く沈んでいて手の付けようがなさそうだ……。

もう諦めて迷宮に行ってしまおうか、と少しゲオルグが考え始めたところで、

「リーダ……大丈夫だよ。私たち、今まで頑張ってきたじゃない」

「そうだぜ、リーダ。上位の魔物だろうと、頑張れば何とかなる……っていうとあれだが、鬼人《オーガ》については調べてきたし、さっきレインズさんたちにも詳しい戦い方だって聞いただろ？　いけるって」

他のパーティーメンバーが口々に、そんなことを言ってリーダを励ます。

ゲオルグはそれを見て、これなら大丈夫だろう、と思った。

確かにまだまだ経験は不足しているようだが、いい仲間に恵まれている。

リーダにしても、自分のことが不安というよりは、自分の事情で危険なところに仲間を連れていかなければならないのが不安、という感じである。

後は、少し背中を押してやれば……。

「おい」

ゲオルグが言ったので、リーダが顔を上げる。

「……なんだ？」

「一つだけ教えてやる。どうしても厳しいときは、仲間の顔を見ろ。仲間と戦っていることを思い出せ。お前は、お前のために戦うんじゃない。仲間のために戦っている……そう、思えばいい。多分、お前にはそれが一番いいだろう」

言われて、リーダはあっけにとられたような顔をしたが、少し考えて、表情に血の気が差してきた。

「……自分のためじゃなく、仲間のために、か」

ぽつり、とそう呟いたときには、わずかな微笑みが顔に浮かんでいた。

そしてリーダは、他のパーティーメンバーを見て、

「うじうじして悪かったな。そうだよ、俺にはお前たちがいるんだ……一緒に、親父《おやじ》たちに鬼人《オーガ》たちの素材、突き付けるの手伝ってくれるか？」

そう言い、他のパーティーメンバーたちも、

「いつものリーダに戻ってきたな。その意気だぜ」

「ダメでも説得は手伝ってあげるよ」

と言い始めた。

空気も変わって、問題なさそうだ、と思ったところでゲオルグは馬車を出る。

するとそこにはレインズ、ニコール、カティアがいて、妙な表情でゲオルグを見ていた。

そしてそれぞれが言う。

「……お節介だな、お前」

「顔に似合わずいい男だよね、あんた。私は面食いだけど」

「ゲオルグは、そういうところが、素敵だと思います」

と、三者三様だったが、その声には称賛の色があった。

ゲオルグはすべて聞かれていたらしいことに気づき、気恥ずかしくなって彼らをおいて先に進む。

「……なんだよ、ほら、早く行くぞ」

そう言ったはいいが、後ろから感じる視線から、優しさが消えることはなく、それは迷宮【風王の墳墓】に辿《たど》り着くまで続いたのだった。

◆◇◆◇◆

迷宮【風王の墳墓】の入り口にたくさんの冒険者が並んでいる。

全員、今回、鬼人《オーガ》の掃討依頼を受けた冒険者たちである。

入る順番は決まっていて、最初にそれなりに経験を積んだベテランのC級冒険者が、次にまだC級になったばかりの冒険者が、その後にDEF級と続き、最後にゲオルグたちが入ることになる。

これは、先にある程度、鬼人《オーガ》の数を減らして、ゲオルグたちが巣の中心部に向かうのを楽にするために考えられた順番である。

先に向かって、すべての鬼人《オーガ》の注目を浴び、体力や魔力を削られては本末転倒だからだ。

しかし、それだけの配慮をされたからには、何が何でもゲオルグたちは鬼姫《オーガ・プリンセス》もしくは鬼妃《オーガ・クイーン》を滅ぼさなければならず、そのプレッシャーは軽いものではない。

けれど……。

「へぇ、それが【魔銃】かい？　王都の方じゃ、非力な令嬢相手にってことで結構売っているらしいけど、アインズニールじゃ滅多に見ないからねぇ……ちょっと見せてくれたりしないかい？」

ニコールがカティアにそう言った。

他の冒険者たちが全員中に入って、しばらくしてから迷宮内部に突入する手はずとなっているとはいえ、かなり緊張感に欠ける会話である。

【魔銃】についての話でなければ、まるで女学生同士の会話のようにすら感じられるほどだ。

ちなみにカティアの持っている【魔銃】は二丁あって、彼女曰く片方は予備なのだという。

本来は、ゲオルグに修理を依頼した一丁と、今持っている二丁のうちの片方を持って戦うのが彼女のスタイルらしい。

カティアは腰に下げられた魔銃嚢《ホルスター》から取り出して、ニコールに差し出しながら、

「ええ、構いませんわ。ただ安全装置を外すと暴発の危険がありますのでご注意を。撃ってみたいのでしたら……この辺りの弾ですと暴発しても怪我《けが》はしませんけれど、どうされます？」

と、こちらも腰に下がった革袋から術莢《じゅつきょう》を取り出してニコールに見せた。

色々と種類があるようだが、外側から見ても種類は素人目にはあまり分からない。

ゲオルグには発せられる魔力からなんとなく分かるが、職人か【魔銃】の使い手でもなければそれほど正確には分からないだろう。

「怪我をしない？　【魔銃】ってのは攻撃魔術を放つものだと聞いていたけど、そうじゃないのかい？」

「それは誤解……というと語弊がありますが、現代の【魔銃】のほとんどはそうですわね。ただ、私の遣っているものはどれも古代の――【古式魔銃】と呼ばれるものですので、攻撃魔術以外にも放つことが出来るのです。たとえば……」

そう言って、カティアは術莢《じゅつきょう》のうちの一つ、集中すると黄色い魔力光を放っているように見えるものを取り、【魔銃】に込め、自分に向けて放った。

あまり【魔銃】という存在を目にすることがないとはいえ、流石に銃口を向けて撃つのが危険な行為だという知識くらいはある。

ニコールは慌ててカティアを止めようとしたが、流石にA級冒険者と言うべきか、弾込めから発砲までのインターバルが恐ろしく短く、止める暇などなかった。

そもそも、次の瞬間起こったことを見るに、止める必要などなかったのだが。

カティアの撃った【魔銃】からは黄色い光弾が発射され、カティア自身に命中する。

すると、カティアの体を黄色い光が包み、吸収された。

「……これは、なるほど……そういうことか。身体強化魔術だね？」

ニコールがそう確認すると、カティアは頷いた。

「ええ。その通りです。このように、色々な魔術を術莢《じゅつきょう》に込めて放つことが出来るのが、【魔銃】の利点ですわ。すべて事前に魔力も含めて装塡しておくので、弾が尽きない限りは魔力切れの心配がなく、離れた位置にいる仲間に適切な支援魔術をかけることも出来、もちろん攻撃魔術も敵に撃ち込むことが出来る。詠唱も当然要りません。非常に使いやすい武器であると思っています」

その説明を額面通り受け取るなら、まさにその通りである。

ただし、問題はそれが出来るのが【古式魔銃】だけであるということだ。

現代の魔銃はそこまで使い勝手が良くない。

そもそも、攻撃魔術しか放てないのが基本であり、ある程度、魔術を放てば調整が必要になったりし、弾道も不安定になったりすることが少なくないのだ。

カティアの持つ、【古式魔銃】のようなものが大量生産できるのであれば、多くの冒険者がそれを選択するだろうが、それは未《いま》だ出来ていないのである。

今後もその可能性は低いとも言われている。

【魔銃】使いが、冒険者の大多数を占める日は来ることは期待できないだろう。

ただ、【魔銃】使いが大量にいるところも全くないではない。

カティアの持つもののように小型のものではなく、もっと巨大なものを船や飛空艇に取りつけることは割と普通に行われているからだ。

こちらも命中率などを始めとした問題を色々と抱えているが、小型にしなくていいだけ、性能は上げやすい。

船一隻の専属として魔術師を雇うよりも安上がりで済むことも多いため、そういうところでは活用されている、というわけである。

まぁ、こちらは【魔銃】使いというよりも、【魔砲】使いということになるかもしれないが、原理としては同じだ。

とはいえ、それにしても【古式魔銃】の性能が良すぎるような気もするが、ニコールもその点が気になったらしい。

「デメリットは全くないのかい？」

そう尋ねた。

これにカティアは、

「ありますよ」

と率直に言う。

ニコールはさらに、

「どんな？」

と尋ねる。

冒険者同士とはいえ、普通、基本的に自分の情報というのは伏せておきたいものだ。

いや、冒険者同士であるからこそ、と言うべきか。

今回の依頼ではたまたま同じパーティーとして挑むことになったが、場合によっては敵対する可能性がないではない。

そのような場合に、手の内を知られているというのは命取りになりうる。

そのため、冒険者同士であっても、自分の情報はあまり出さないことが多い。

固定パーティーのメンバーとか、そういうものになるとまた話は別だが、ゲオルグたちは全くそうではないのだ。

しかしカティアはあっけらかんと説明する。

「たとえば、術莢《じゅつきょう》ですね。これは事前に魔術を込めておけば魔力も詠唱もいらず即座に発動させることが可能なわけですけど、事前に魔術を込めておかなければならない、というところがデメリットです。準備にはそれなりに時間がかかるのが普通なのです。そして、手持ちの弾を使い切れば、【魔銃】使いが【魔銃】使いとして戦う手段はなくなってしまうわけですね」

それは、分かりやすく、想像しやすい弱点だった。

これを解決するには、事前に大量の術莢《じゅつきょう》を作っておく必要があるが、これについてもカティアは言う。

「術莢《じゅつきょう》は通常魔術を使うのと同じだけ、魔力を使います。特殊な技術も必要で……魔術込めに失敗すると、実際に使用したときに暴発したりすることもありえるのです」

「暴発……」

ニコールは啞然《あぜん》として、さらに気になったのか尋ねる。

「ちなみに、暴発すると、どうなるんだい？」

カティアはこれに、

「場合によりますけど、腕がなくなったり、命を落としたりしますね」

特に気負いなく、普通の様子で答える。

ニコールは、恐怖を煽《あお》るわけでも、怯えているわけでもなく至って当然のこととして話すカティアに戦慄したようだ。

ゆっくりと首を横に振って、

「……やっぱり私は剣でいいよ……」

そう言ったのだった。

◆◇◆◇◆

「――では、そろそろですね。ゲオルグさん、レインズさん、ニコールさん、カティアさん。よろしくお願いします」

迷宮【風王の墳墓】の入り口で時間を計っていた冒険者組合《ギルド》職員がそう言った。

【風王の墳墓】がゲオルグたち以外の冒険者を飲み込んで、すでに一刻ほどが経過している。

そろそろ、中にいる鬼人《オーガ》たちも三分の一程度は減らされている、と思われた。

突入するにはちょうどいい頃合いと思われ、ゲオルグたちは顔を見合わせ頷き合う。

「じゃあ、行こうぜ」

ゲオルグがそう言って進み始める。

レインズはゲオルグの横に、ニコールとカティアは二人の後ろについて、迷宮に入っていく。

この並びは、ゲオルグとレインズが主に自らの体を武器として戦う剣士であり、ニコールが剣の他、魔術を駆使する魔法剣士であること、それにカティアが【魔銃】使いであることから決まった陣形だった。

体力の多寡から考えても、中年男二人の体力が最も有り余っており、ニコールがたまに二人の代わりを務めるために前に出る、という戦法をとるのが良いと思われるからだ。

相手が鬼人《オーガ》という体の頑強さを武器に戦う魔物であることからも、搦《から》め手を得意とするニコールよりかは、真正面からぶつかって力負けすることのないゲオルグ、それにゲオルグの戦い方を知り尽くし、適切なフォローを即座に入れることが出来るレインズが前に出るのが望ましい。

実際、その方法はうまく機能した。

周囲を苔《こけ》むした石壁に囲まれる迷宮の中、鬼人《オーガ》がゲオルグたちを次々に襲う。

その数は平時の【颪王の墳墓】ではとてもではないが考えられない数であったが、ゲオルグたちは危なげなく次々に鬼人《オーガ》を屠《ほふ》っていく。

ゲオルグの大剣の一撃は鬼人《オーガ》を易々《やすやす》と一刀両断し、レインズの華麗な片手剣術は鬼人《オーガ》の固いはずの表皮を軽々と切り裂き、骨すらも断ち、その首を落とす。

剣を振った後の二人の隙を狙ってかかってきた鬼人《オーガ》は、ニコールの魔法剣の前に消し炭にされ、またはカティアの魔銃により胸部と頭部に球状の穴を開けられていく。

ゲオルグたちが進んでいった道にはもちろん、先に入った冒険者たちもいたが、そんな彼らから見てもゲオルグたちの戦いぶりはまさに鬼神のようだった。

先に迷宮内部に入った冒険者たちも決して弱くはない。

むしろ、鬼人《オーガ》はC級相当の魔物であり、頻繁に戦っているという意味ではゲオルグたちよりもC級冒険者たちの方が慣れているくらいである。

それに比べてゲオルグたちはB級になって久しく、鬼人《オーガ》の集団などを積極的に狩るようなことはあまりなかったはずだ。

効率よく倒す手段については、むしろC級冒険者たちの方が詳しいはずだ、そう思っていたのに、そんな想像とはまるで異なるものが目の前で繰り広げられているのだ。

慣れとか方法とか、そういうものが馬鹿らしくなるくらいの蹂躙《じゅうりん》がそこにあった。

一瞬、迷宮の中で戦闘中であることを忘れて、彼らに対し、憧れの視線を向ける者たちも少なくない。

そして、それぞれのパーティーリーダーの「見惚《みと》れてんじゃねぇ！　集中しろ！」という声にはっと我に返るのだ。

それくらいに美しく、見惚れるような戦いぶりだったのだ。

しかし、ゲオルグたち本人はと言えば、深刻な表情をしていた。

「……前に出てきてる鬼人《オーガ》が、全体的に通常のものよりも弱いな。これはまずいかもしれねぇぜ」

なぜ、弱いとまずいのか。

強い方が危険ではないか、と思われるが、数が多い場合にはそうも言えない。

弱い鬼人《オーガ》がこれほどまで大量に闊歩《かっぽ》しているということは、同時期にそれだけの鬼人《オーガ》が生み出されたということに他ならない。

鬼姫《オーガ・プリンセス》や鬼妃《オーガ・クイーン》の生産能力の高さを示しているのだ。

それに加えて、それを前線に出してきている。

本来、鬼人《オーガ》は人間のように、自らの子供を成熟するまでは手元に置いておく性質があるのだ。

それなのに、まだ成熟しきっていない、弱い状態で前に出すというのは……。

完全に成長するまで手元に置いておけないほどに増えているか、他にもっと重要なものを育てている、という可能性もある。

他の重要なもの――つまりは、鬼将軍《オーガ・ジェネラル》や鬼王《オーガ・キング》の誕生が近いということかもしれない。

「早く、中心に着かなきゃやばいな」

レインズがそう言い、これにニコールとカティアも頷いて足を速めた。

◆◇◆◇◆

「……おいおいおいおいおい、マジかよ!!」

レインズがこう叫んだのには理由がある。

やっと辿り着いた鬼人《オーガ》の巣の最深部、そこには、事前に予測されていたよりも遥《はる》かに膨大な数の鬼人《オーガ》がいたのだ。

それに加えて、奥の方には鬼将軍《オーガ・ジェネラル》の姿まであって、それらすべてが鬼妃《オーガ・クイーン》を守るようにゲオルグたちの前に立ちはだかっていた。

その場所、迷宮の中でも《広場》と言われる、たまに存在するぽっかりと開いたホールのような空間の中に、二百匹はくだらない数の鬼人《オーガ》がいる。

しかも通常個体だけではなく、鬼将軍《オーガ・ジェネラル》や鬼妃《オーガ・クイーン》以外にも、鬼騎士《オーガ・ナイト》や鬼魔術師《オーガ・メイジ》などがまるで当然のような顔をしてそこにいる。

いくらゲオルグたちが冒険者としてそれなりに経験を積んだ熟練《ベテラン》冒険者であるとはいえ、この数を突破した上で、鬼妃《オーガ・クイーン》を討つのは至難の業だった。

「これは諦めた方がいいんじゃないのかねぇ？」

わらわらと蠢《うごめ》く鬼人《オーガ》たちを前にして、アインズニール冒険者組合長《ギルドマスター》の娘、魔法剣士ニコールがそう言った。

しかし、口で言うほど本気ではないことは、その表情と構えで分かる。

むしろ、煮えたぎる闘志を深く内に溜めているかのような力の入り方で、今すぐにでも突っ込もうと言っている方が似合いの顔だ。

「俺も同感だ……ここは逃げ帰って皆で酒場でエールでも飲むことにしようぜ。奢《おご》るからよ」

そう言ったのは、美貌の剣士、レインズである。

彼はニコールとは異なり、表情も口調も本気で言っているように見えるが、長い付き合いのゲオルグにはすぐに分かった。

これは、ただの演技であると。

むしろ、絶対に引くわけには行かないと心を決めたときの顔だ。

今ここで、ゲオルグたちが戻ったら、アインズニールの街が一体どうなるかよく理解している彼らしい冗談の飛ばし方である。

いつだって涼しそうな表情を崩さないレインズ。

しかしその心根はまっすぐで、いつでも守る者のために命を捨てることを惜しまない本物の冒険者だった。

「逃げ帰るのは却下だが、エールの奢りはたった今決まったからな、レインズ。全部片づいたら、今回討伐に参加した連中も連れて全員で打ち上げだぜ」

「お、おいっ！」

ゲオルグの言葉に慌てだすレインズ。

しかしゲオルグは言葉を撤回しようとはしない。

そんなやり取りを見て、女性陣は笑い、それから、魔銃のA級冒険者カティアが言った。

「ふふっ。何だか冒険者になったばかりの頃を思い出して楽しいです……こんなに愉快な冒険者は王都にも中々いませんよ。皆さん」

と本気なのか冗談なのか分からないセリフだ。

「確かに、こんなのにわらわらいられては困るね。鬼人《オーガ》と貴婦人の敵が、群れをなしてやってくるようなもんなんだからさ」

ニコールがカティアの言葉に同意してそう言った。

確かにゲオルグの顔は鬼人《オーガ》によく似ているし、レインズはその顔立ちから数多くの女性と浮名を流す女の敵であるのは事実だが、ひどい話だ。

ただ、否定できないことは本人たちも認めていて、

「……ま、さっさと仕事を終えてエールを飲むことにしようぜ、ゲオルグ」

「そうだな。これ以上ここで話してると二人に何言われるか分かったもんじゃねぇ」

と話をずらして前に進んでいく。

そんな二人を見て、再度くつくつと顔を見合わせて笑った女性陣であったが、鬼人《オーガ》たちの気配が変わり、警戒を向けられたときにはすでに武具を抜き放ち、そして攻撃に移っていた。

ゲオルグたちも同様であり、そこから目にも留まらぬ速さで鬼人《オーガ》たちを屠り始める。

その動きは個々人が全く関係なく、好きに戦っているように見えて、細かく見れば非常に合理的に敵を倒していっていることが分かる戦いぶりだった。

「うらぁぁぁ！！！」

数体の鬼人《オーガ》が、ゲオルグの振るう大剣の一振りでまとめて屠られたかと思えば、その後ろから現れた鬼魔術師《オーガ・メイジ》の集団に素早く近づき、魔術の詠唱が行われる前にその首をすべて切り落とすレインズ。

「……ふん、いい盾使ってるじゃないか？」

鬼騎士《オーガ・ナイト》の盾に攻撃を防がれ、剣が通らなかったニコールは無理に突っ込まずに下がり、後ろから、

「右へ！」

というカティアの掛け声に忠実に従い、右方向に体を動かすと、今までニコールが立っていた場所を掠《かす》めて魔銃に込められた魔術が小さく圧縮されて鬼騎士《オーガ・ナイト》の盾を貫く。

ぐらりと体勢を崩した鬼騎士《オーガ・ナイト》の首を狙って改めてニコールは剣を突き込むと、一撃でもってその命を奪った。

そんな連携が、ほとんど打ち合わせなくぶっつけ本番で行われ続けているのに、誰一人としてしくじることはない。

もしこの場に他のC級以下の冒険者たちがいれば、これがB級、それにA級の実力かと恐れ慄《おのの》いただろう。

それほどに彼らの戦いは洗練されていて、無駄がなかった。

徐々に減らされていく鬼人《オーガ》たち。

どれくらいの時間、戦い続けただろう。

ついに、

「……後は、こいつと、あれだけか」

ゲオルグがそう呟いた。

彼の目の前には、今まで戦ってきた鬼人《オーガ》たちより二回りほど巨大な体を持つ、強大な圧力を放つ鬼人《オーガ》がいた。その後ろには、鬼妃《オーガ・クイーン》が大きなお腹《なか》を抱えて、通常の場所より一段高くされた台のようなところに腰かけている。

鬼妃《オーガ・クイーン》を守るように立つその巨大な鬼人《オーガ》が身に着けているのは重鎧《じゅうがい》であるが、その重さをまるで感じさせないのは、彼にとってその重量が人間にとっての革鎧《かわよろい》よりも軽いものだからに他ならない。

頭の上には、三本の長い角が見え、そのどれもが紫電を帯びてパリパリと音を立てている。

手にはおよそ人間のために誂《あつら》えられたものとは思えない、とてつもない大きさの斧槍《ふそう》を持ち、油断のない構えでゲオルグたちを鋭く見つめている。

対してゲオルグたちはすでに満身創痍《まんしんそうい》だった。

「鬼将軍《オーガ・ジェネラル》、か。十年ぶりに見たな……相変わらず、すげぇ迫力だ」

ゲオルグがそう呟く。

そもそも、鬼人《オーガ》の巣が発生しない限り、通常の場所ではほとんど確認できない幻に近い存在である。

会ったことがあるだけ、運がいい、と言えるようなものだ。

いや、運が悪いのだろうか。

通常の冒険者なら、まず会いたくないと思う魔物なのだ。

「私は初めて見たが……やっぱり、強いんだろうね？」

ニコールが冷汗をかきながらそう口にすると、

「最低でもＢ級上位、もしくはＡ級相当の魔物だと言われているな。単独討伐は一般的なＡ級でも厳しい、と」

レインズが答えた。

カティアがこれに同意して、

「……私も戦ったことはありません。肉体的武術的に非常に優れていて、一部魔術も行使するとのことですが……」

「何でも出来るタイプなわけだ。顔の割に器用な奴だな……どっかの誰かに似てるよ」

レインズが苦笑しながらそう言った。

ゲオルグとしてはこんなものと一緒にされてはたまったものではないが、微妙に親近感を抱かないでもなかった。

もちろん、だからと言って戦わないわけにはいかないのだが。

「……ぐる、ぐる……」

鬼将軍《オーガ・ジェネラル》が息をするごとに、低い唸《うな》り声のようなものが響く。

どうやらあちらも準備完了だということらしい。

正直言って、もう少し休憩していたかったが、そうも言っていられない。

「さて、みんな、もうひと頑張りだぜ。レインズの財布を軽くするために、さっさとこいつを倒すことにしよう」

「ちょ、お前！」

ゲオルグがそう言うと同時に、レインズが慌てた声を出すが、その直後、鬼将軍《オーガ・ジェネラル》がその構えた斧槍《ふそう》を引き、彼らに向かって足を踏み出した。

それを全員が確認し、その場から飛びすさると次の瞬間、
どがぁぁぁん!!

という音がして、鬼将軍《オーガ・ジェネラル》の斧槍《ふそう》が今までゲオルグたちがいた場所に振り下ろされた。

とてつもない轟音《ごうおん》であり、どれだけの力で振ればあれほど巨大な音が鳴るのか想像もつかない。

また、斧槍《ふそう》の破壊力もただならないもので、叩きつけられた地面は完全に抉《えぐ》られてしまっている。

もしも人があの一撃をくらえば、切り裂かれるどころか破片となって飛び散り、跡形もなくこの世から消え去ることだろう。

さらに、それだけには留《とど》まらず、鬼将軍《オーガ・ジェネラル》は即座に切り返してゲオルグたちに迫る。

鬼将軍《オーガ・ジェネラル》が初めにその狙いをつけたのは、最も華奢《きやしや》に見えるカティアであった。

身に着けているものも、魔銃を素早く撃ち込み倒す、という戦い方をしている関係で軽装であり、事実、防御力が一番低いのは彼女だった。

それを一瞬で理解して詰めているとすれば、鬼将軍《オーガ・ジェネラル》の戦いに対する思考能力は、熟練の戦士のそれと何も変わらないと言える。

魔物というのは、その多くが人間のような論理的な思考をしないものだが、高位のものになると必ずしもそうは言えないと言われる所以《ゆえん》である。

とはいえ、見た目が軽く見えると言っても、カティアはこの中で最も実力の高いA級冒険者である。

その事実を知らず、また彼女の強さを認識できない点で、やはり鬼将軍《オーガ・ジェネラル》といえども、所詮は魔物に過ぎないと言えるのかもしれなかった。

カティアは迫る鬼将軍《オーガ・ジェネラル》から離れるのではなく、むしろ積極的に距離を縮めたのだ。

これに驚いたのはゲオルグたちだけではなく、鬼将軍《オーガ・ジェネラル》も同様だったらしい。

一瞬動きが不自然に止まった。

ただ、それはあくまで一瞬であり、普通の冒険者なら容易に突けるようなものではなかった。

しかし、カティアは並ではない。

むしろ、数多《あまた》いる冒険者のうち、篩《ふるい》に長くかけられても残った、極上の一粒である。

そんな彼女がせっかくの隙を見逃すはずがなかった。

「……がら空きですよ？」

そう言いながら、鬼将軍《オーガ・ジェネラル》の巨体の懐に入り込み、そしてその腹に二発の銃弾を撃ち込む。

発砲音が鳴ると同時に、鬼将軍《オーガ・ジェネラル》はよろめき、数歩下がった。

しかし、その巨体は見せかけではなく、耐久力もまた、通常の鬼人《オーガ》とは一味も二味も違うらしい。

すぐに体勢を立て直し、改めて斧槍《ふそう》を構えなおすと、今度はゲオルグたちの中から一人を狙わずに、全体に向けて回転するように斬撃を放った。

カティアとニコールはこれを避けることに成功したが、ゲオルグとレインズは鬼将軍《オーガ・ジェネラル》の背後にいたため、幾分か反応が遅れた。

結果としてゲオルグは近い位置で回転切りを受けることになったが、直撃はすんでのところで避け、剣でパリィすることに成功する。

とは言え、その衝撃は、地面を丸ごと抉るほどのものだ。

いくら大剣で受けたとはいっても、まったくのノーダメージというわけにはいかない。

「ぐっ……」

呻《うめ》くゲオルグに、

「大丈夫ですか!?」

そう叫んだカティアだったが、

「いや、問題ない！」

ゲオルグはそう叫び、それから斧槍《ふそう》を振った後、元の位置に戻そうとする鬼将軍《オーガ・ジェネラル》の腕を狙って大剣を切り上げた。

「ぐおぁぁぁぁ!!」

ゲオルグの試みは成功し、鬼将軍《オーガ・ジェネラル》の腕に大きな傷をつける。

ただ、それでもまだ浅いようだった。

鬼将軍《オーガ・ジェネラル》の腕からは血が噴き出しているが、まだ斧槍《ふそう》を把持することが出来ているし、未だに威力ある斬撃を放つことが出来ているのだ。

しかし、かなり動きは鈍くなってきているのも事実であり、そこを見逃すような者はここにはいない。

いつの間にか鬼将軍《オーガ・ジェネラル》の後ろ、足元の辺りに辿り着いていたニコールが、その剣に炎を纏わせて切り下す。

鬼将軍《オーガ・ジェネラル》はそれに気づき、斧槍《ふそう》で防御しようとするが、腕の痛みに耐えられずに途中で動きを止めてしまい、そのまま背中をまっすぐに切られることになった。

さらに、レインズがバランスを崩した鬼将軍《オーガ・ジェネラル》の足を狙って、強烈な斬撃を加える。

すると、鬼将軍《オーガ・ジェネラル》の体のバランスがさらに崩れ、がくりと膝をついた。

「よし、ゲオルグ!　今だ!」

そうレインズが叫ぶ前に、すでにゲオルグは行動に移していた。

長い付き合いになる友人である。

一体何をやろうとしているか、その動きを見てすぐに理解できた。

つまり、あの膝をついて、首を前に差し出した体勢の鬼将軍《オーガ・ジェネラル》、あれをゲオルグに切り落とさせる的として現出させようとしたわけだ。

レインズにうまいことやられたような気がするが、勝てばいいのである。

「……これで、最後だ！」

そして、ゲオルグはそう叫んで大剣を振りかぶり、そして何が起こるか直前に察する鬼将軍《オーガ・ジェネラル》が顔を上げる前に、その首を、思い切り切り落としたのだった。

第四章　停止世界

The underdog middle-aged adventurer lives his life to the fullest today as well.

首を失い、轟音《ごうおん》と共に倒れる鬼将軍《オーガ・ジェネラル》。

その体は高位の武具の素材として珍重され、冒険者であれば真っ先に確保に動きたくなるほどの宝の山だ。

しかし、今、ゲオルグたちはそれをしようとはしない。

なぜなら、まだ戦いは終わっていないからだ。

むしろ、本当に最後の仕上げが残っている。

「……鬼妃《オーガ・クイーン》。ここまで近づくのは初めてだな」

ゲオルグがそう言った。

彼の前には、通常個体よりも遥《はる》かに腹部が巨大化し、自力で移動するのも難しくなった鬼人《オーガ》がいる。

それこそが鬼妃《オーガ・クイーン》——鬼人《オーガ》たちの母体であり、放っておけば一国を落とすほどの勢力を自らの肉体でもって作り上げることの出来る、恐るべき魔物だ。

かつて、鬼人《オーガ》の巣の掃討にゲオルグは参加したことがあるが、そのときはまだ冒険者としてのランクも低く、最前線で、というわけにはいかなかった。

そのため、そのときに鬼妃《オーガ・クイーン》を討伐したのは別の高位冒険者だったのだが、巣が今回ほどの規模ではなく、鬼妃《オーガ・クイーン》を何とか視認できるくらいの位置にまでは近づけたのだ。

そのときに見た鬼妃《オーガ・クイーン》と、今ゲオルグたちの目の前にいるそれは、全く同じものであった。

ただ、大きさが異なっており、今回のものの方がずっと巨大だった。

本体部分はあまり変わっていないが、腹の大きさが段違いである。

怪しげな光を宿し、鼓動のように明滅するその芋虫のように形成された腹の中には、数体の鬼人《オーガ》の影が見える。

大きさはまちまちだが、一番大きな影は先ほど戦った鬼将軍《オーガ・ジェネラル》に匹敵するものであった。

それはつまり、恐ろしいことに、もうゲオルグたちの到着が少し遅ければ、あの強力な魔物以上の存在がもう一匹生まれていた可能性があったということだ。

「……ぐるあぁぁぁ！　ぐるるるるあぁぁぁぁ！！！」

ゲオルグたちが近づくにつれ、鬼妃《オーガ・クイーン》は威嚇するように耳障りな高音の叫び声をあげ始める。

しかし、それでもその場から動くことはない。

あまりにも巨大な腹が、彼女に移動を禁じているのだ。

だからこそ、鬼妃《オーガ・クイーン》は強力な魔物を生み出し、自分を守らせるのである。

そんな生態をしているため、鬼妃《オーガ・クイーン》自身に戦闘能力はほとんどない。

もちろん、ただの一般人が挑んでも勝てるわけもないのだが、ゲオルグたちのような戦闘を生業とする人間にとっては、問題にならない。

ましてや、ゲオルグたちはＢ級を超える実力者。

それが四人もいて、しくじるような相手ではなかった。

「……さて、やるか」

ゲオルグが黙って剣を構え、それから暴れる鬼妃《オーガ・クイーン》を見た。

その姿は、恐ろしげな魔物の首魁《しゅかい》のようにも、また、ただ必死に我が子を守る母親のようにも見え、ゲオルグは何とも言えない感情が自分の胸に芽生えているのを感じる。

しかし、これを放っておくわけには行かない。

そもそも、子供を抱えている魔物を倒したことが今までないわけでもない。

躊躇《ちゅうちょ》するのも今更の話だ。

だから、ゲオルグとしては特に誰かに何か悟らせるような動きをしたつもりもなく、いつも通りに剣を振り下ろすべく、そのよく鍛えられた腕に力を入れようとした……つもりだった。

けれど、

「……いえ、ゲオルグ。止《とど》めは私が刺しましょう」

いつの間にかゲオルグの背後に来ていたらしいカティアがゲオルグの腕にそっと手をのせて、そう言った。

ゲオルグはカティアの行動に驚く。

なにせ、冒険者は通常、こういうことを他人に譲ることはない。

今回のような大規模な戦いでは、最も大きな功績をあげたものが幕を下ろす最後のひと振りを任されるもので、今回については鬼将軍《オーガ・ジェネラル》の止めを刺したゲオルグが任されるのが自然な流れだった。

だからこそ、心の奥底では気が進まないまでも、ゲオルグは自らやろうとしたのだ。

つまり、それは名誉ある任務であって、他人がそれを奪おうとすれば抗議されても仕方のないような性質のものである。

それをカティアほどの冒険者が知らないはずがなく、また、人からそれを奪うような性格の人間でないことも短い付き合いで分かっていた。

だからこそ、ゲオルグは驚いたのだ。

どういう意味があって、そんなことをしようとしているのか判断しようと、ゲオルグはカティアの目を見つめる。

やはり、と言うべきか、当然と言うべきか、実際に目にしたカティアの瞳は澄んでいて、別に何かの名誉のために濁っていたりなどしなかった。

ただ、何かを雄弁に語っていた。

それが何なのか、言葉にすることは出来なくはなかったが、ゲオルグはそれを心の中でも形にすることはせず、ただ、構えていた剣を下ろして、

「……悪い。任せる」

そう一言言って、自らその役目を降りた。

そんな二人を遠巻きに見ていたニコールが、隣に立つレインズに言う。

「男ってやつは、肝心なときに非情になりきれないのかねぇ……」

「……男が、じゃないな。あいつが……ゲオルグが優しすぎるんだろうよ、見かけの割に、な」

「まったく……」

二人揃《そろ》って呆《あき》れたような口調だったが、別にゲオルグがそれを出来ない人間だと思っているわけではない。

それどころか、むしろ、こんな職業に身を置き続け、B級という一流に辿《たど》り着いているにもかかわらず、未《いま》だに生命に対する尊敬の気持ちを抱き続け、魔物にすらそれを感じることの出来る感性の豊かさに感心しているくらいだった。

ニコールも、レインズも、そういったものが全くない、とは言わないが、それでも昔に比べれば明らかに心が摩《す》り減り、他人からは冷徹と見られても仕方がないような感覚が普通になってしまっている。

それは冒険者として悪いことではないが、ただ、人として、失いたくないものがあったはずなのに、無意識のうちにそれを削り続けていた自分が見えたような気がして、何か悲しくなると同時に、ゲオルグはそうではないことに、不思議な温かさを感じたのだ。

ただ、二人とも、それをゲオルグに直接言うことはない。

少なくとも冒険者にとってそれが褒め言葉にならないことを知っているからだ。

ただ、ゲオルグがそういう人間であることを自分たちが知っていればそれでいい。

そういう話だ、とお互いが心の中で達したことに、お互いの目を見て気づき、くつくつと笑い合った。

「……恨みはありませんが、放置しておけば貴女《あなた》は我々にとって、災いにしかなりません……さようなら。次は、もっと別の出会いが出来ますように」

カティアがぼそりとそう口にして、魔銃を構え、そして何の躊躇《ためら》いもなく引き金を引く。

高い銃声が響き、銃口から火炎が噴き出す。

そして、鬼妃《オーガ・クイーン》の脳天を銃弾が貫き、鬼妃《オーガ・クイーン》はさしたる叫び声をあげることなく、絶命する。

目から光が消え、かくりと首が折れた。

けれど、これでもまだ、終わりではない。

鬼妃《オーガ・クイーン》の腹部をぼんやりと照らしていた光は徐々に消えていくが、しかしそこに蠢《うごめ》く影は未だに生きていた。

人であれば、母体が命を失えば、ほとんどの場合は胎児も命を永らえることは出来ない。

しかしながら、流石《さすが》に魔物と言えばいいのか、鬼妃《オーガ・クイーン》の腹に宿った未来の災いの種たちは、母親の命に人間ほど頼ることはない。

このまま放置していれば、いずれ自ら腹を食い破り、そして外に出てきて、他の生き物を糧にし、紛《まが》うことなき災いそのものになるのだ。

それを理解しているカティアは、鬼妃《オーガ・クイーン》に続けて、その腹部にも銃弾を撃ち込もうと魔銃を構えたが、ゲオルグはそんなカティアに言う。

「……流石にここからは俺がやるぜ。嫌な役目を押し付けたみたいで悪かったな」

「いえ、そんな……」

驚いたように目を見開くカティアに頷《うなず》き、ゲオルグは剣を構え、鬼妃《オーガ・クイーン》の腹部に宿った影の一つ一つに突き刺していく。

「ぎぎぃぃぃ！」「ぎゃぁぁぁぁ!!」「キィ……キィ……」

そんな断末魔の叫びが、一匹ごとに聞こえてくるが、これで心が乱れるほどゲオルグの冒険者としての覚悟は弱くなかった。

母体についてのときもそうだったのだが、なぜだろう。

魔物とはいえ、女と母親には若干弱い、という自覚がある。

かつての師匠を思い出すのかもしれないな……。

と、古い記憶を頭に思い浮かべながら、ゲオルグは最後の〝作業〟のために、剣を振り上げた。

しかし、その瞬間――

「……!?」

かきり、と妙な感覚がし、そしてゲオルグの体の動きが止まった。

色々と考えすぎて、無意識のうちに躊躇してしまったのだろうか。

ふと、そう思ったゲオルグだが、冷静に体の感覚を確かめてそうではない、ということを理解する。

そもそもおかしいのは、止まっているのはゲオルグだけではないということだ。

視界に入っているすべてが静止している。

ゲオルグ、斜め前からゲオルグを見るカティア、少し遠くでゲオルグたちを見守っているレインズとニコール。

すべてが止まっている。

――これは、なんだ？

そう思うと同時に、後ろから誰かがやってくる音が聞こえた。

もしかしたらまだ討伐しきれていない鬼人《オーガ》か、そうでなくとも何かの魔物か、と思った。

そうであるとすれば、この状態は非常にまずい。

全員、完全な無防備であり、襲われれば一たまりもないからだ。

どうにかしなければ、とゲオルグは必死で体を動かそうとするが、やはりまるで動かない。

まずい……。

そして、どうにもならずにその何かが広間に辿り着いたらしい。

後ろから風が吹いていて、こちらに近づいてきているのが分かる。

しかし、それがかなり近くに来て、ゲオルグはむしろほっとした。

なにせ、どうやら会話していて、しかも、それが聞き覚えのある声だったからだ。

「……恐ろしいことだな……これが、その方の力だと言うのか？　アーサー」

若い女性の声がそう言った。

確か、セシル、と言ったか。

あの少女の声だ。

「俺に聞かれてもよく分からない……けど、本人がそう言ってるんだからそうなんだろうさ。こっちでいいんだよな？」

セシルの声に答えたのは、聞き覚えのある、少年の声だ。

アーサー、冒険者組合《ギルド》でゲオルグを殴ったあの少年だ。

「はい。間違いありません。こちらに力を感じます……」

アーサーの声に答えた声には聞き覚えがなかった。

どうも、不思議な印象を与える清冽《せいれつ》な声で、なにかエコーがかかっているような妙な響きだった。

「力、か……俺みたいなのが、ここに……？」

「ええ……この世界が危機に陥ったとき、それを救うべくこの世に生まれてくる特別な力の持ち主がいます。貴方《あなた》と同じように。アーサー。そしてそれは……」

三人が、ゲオルグの視界に入る位置にまでやってくる。

やはり、一人はセシル、一人はアーサーで間違いないようだった。

そして、聞き覚えのない声の持ち主もやはりいた。

けれど、それは奇妙な存在だった。

真っ白いローブのようなものを身に纏《まと》った、金色の髪の少女だった。

それ自体はいいのだが、不思議なことに、彼女は空中に浮かんでいるのだ。

しかも、体が不自然に透けている。

向こう側が見えているのだ。

幽体《アストラル》系の魔物なのだろうか？

いや、それにしては邪悪な感じがしない。

ただの幽霊というのも考えられるが、ああいったものは存在が難しく、大抵が迷宮の中に入ってこられるほどの耐久力を持たない。

とすると、一体……。

いや、考えても分からない。

そもそも、アーサーたちの会話の内容も意味が分からない。

世界を救うとか、そんな話をしているが……。

「……うおっ!? 誰かと思えばゲオルグのおっさんじゃないか！ なぁ、おい、本当に大丈夫なんだろうな……？」

アーサーがゲオルグの顔を確認して驚きの声をあげ、透ける少女にそんなことを尋ねる。

少女は、

「ええ、問題は……ッ!? この方は……まさか、意識が？ しかしそんなこと、出来るわけが……」

頷こうとした少女だったが、ゲオルグの目を見た途端、そんなことを言いながら慌てだした。

さらに、

「……少し呼びかけてみましょう。『……聞こえますか？』」

そんな台詞《せりふ》にゲオルグは口も喉も全く動かない。

仕方なく、心の中で返答する。

——あぁ。全く動けないけどな。

「……やはり。『貴方はなぜ意識を保っていられるのです？』」

——この状況がまるで分かんねぇのに、理由なんて分かるかよ……強いて言うなら、何か胸の辺りが焼けるように熱いんだが、これは理由になるのか？

先ほどからずっと、その辺りに火傷《やけど》しそうなほどの熱さを感じていたゲオルグ。

しかし、叫ぶことも何も出来ないし、これくらいの痛みは日常茶飯事である。

特に問題はないな、と思っていたが、動けない以外に何か変なところを挙げろと言われればそれくらいだ。

この答えに、透けた少女は、ゲオルグに近づき、そしてゲオルグの胸元に触れ、鎧《よろい》の隙間から手を突っ込んでまさぐった。

——おいおい、そういうのははしたないぜ、嬢ちゃん。

冗談めかして心の中でそう言ったゲオルグである。

抵抗しようにも出来ないので、どうしようもないがゆえの皮肉のつもりでもあった。

しかし少女はこれに返答せず、しばらくまさぐって、それから、何かを取り出した。

「……『これを、一体どこで』……」

何が、と思って少女の手元を見てみると、そこにあったのは、ゲオルグの首にかけてあった古ぼけたペンダントだ。

ゲオルグの首から外したわけではなく、ペンダントトップを掌《てのひら》に置いている形だ。

それが熱を放つように赤く妖しく輝いているのも見え、なるほど、これが何かしてくれた結果こうなったのか、と理解する。

ゲオルグは少女に言う。

――そいつは、俺の師匠の形見だ。どこでと言われると俺は知らないんで困るが……腕のいい冒険者だったからな。何か特別な来歴があっても不思議じゃないぜ。

少女はそれを聞いて、納得したように頷き、

「これがあるから、貴方は……いえ。そういうことでしたら、もう仕方がないです。『先ほどの会話、聞きましたね？』」

――世界を救うとかそんな話か？　いやぁ……。

信じてないな、と顎を摩《さす》りながら言おうとしたところで、ゲオルグは自分の体が動くようになっていることに気づいた。

「おっ……？」

声も普通に出せた。

なんだか分からないが、拘束は解けたらしい。

ただ、カティアとレインズとニコールは相も変わらず彫像と化しているが。

少女はゲオルグに言った。

「聞いてしまった以上、仕方がありません。それに、貴方からそのペンダントを外せない以上、他に方法もありません……」

「よく、これが外せないって知っているな？」

師匠の形見であり、ずっと身に着けているそれであるが、一度首にかけて以来全く外せなくなっ

てしまったことをゲオルグは誰にも言ったことがなかった。

それなのに、この少女はそれを看破しているようだ。

普通の存在ではない、とはっきりと分かる。

まぁ、そんなことは最初から分かっていたことかもしれないが。

「これは我々が作ったものですから……さて、アーサー、セシル。この方に色々と説明することになりますが、よろしいですか？　それとも……」

と、中途半端なところで言葉を切った少女であるが、これに二人が慌てて、

「ちょ、ちょっと待った！　その人は問題ない！　普通に話しても大丈夫だ！」

「その通り！　だから、その、お前の力を使ってどうこうするのはよせ！　頼む！」

と、言い出した。

どうやら、少女の切った言葉の先に続いていたのは、ゲオルグを害する方向での台詞だったようだ。

まぁ、ゲオルグには彼らの話が一体どういうことかよく分かっていないが、それでもある程度事情を知られて、それを秘密に出来ないような存在なら消してしまった方がいい、とかそういう判断をしようとしていたのかもしれない。

それは非常に合理的な判断だが、ゲオルグとしてはもちろんやめてほしかった。

心の底からそう思った。

人の指図はあまり聞きたくないから、抵抗しようかとも一瞬考えたが、この少女は少なくともゲ

オルグの動きを完全に拘束できる力を持っているらしい。

その時点で、もうどうしようもないだろう。

いくらB級とはいえ、全く動けない状態でなら子供でもナイフ一本あれば殺せる。

抵抗は無駄だった。

だから、ゲオルグは降参、という風に手をあげて、言った。

「なんだかよく分からねぇが……何か内緒話があるなら聞かせてくれてもいいぜ？　俺はこれでも口が固いんだ」

掛け値なしの本音だったが、どこかで面白そうだな、と思ってしまったためか、口の端が上がってしまったらしい。

少女は胡散臭《うさんくさ》そうな目でゲオルグを見てからため息を吐き、

「……そうであることを祈ります。と言っても、これからお話しすることを言い触らしたところであなたの頭の方が疑われます。黙っておくことをお勧めしますよ」

と無表情に言ったのだった。

◆◇◆◇◆

「さて、まず私のことですが、エレヒア、とお呼びください」

体の向こう側が透けている金髪の少女がそう言った。

「エレヒア、ねぇ……。名前は分かった。それで？　まず……これはどういうことなのか説明してくれるのか」

周囲を見て、完全に静止している状況にあるレインズ、ニコール、カティアに視線を示しつつゲオルグはそう言った。

こんな技術を、ゲオルグは知らない。

確か、時空間魔術というものもこの世には存在していて、それを身に付ければある程度、時間と空間を操る術を得られるということだが、それにしてもここまで大規模かつ強力に人の動きを完全に静止させることは出来ないだろう。

それが出来るのは、神か悪魔の所業であり、目の前の少女がそのどちらかであるのかもしれないとゲオルグは考え始めていた。

そして、案の定、と言うべきか少女は、

「ええ、構いません。と、申しますかそれほど長い説明があるわけではないのですが、一言で申しますと、私がやった、ということになるでしょうね」

と、こともなげに言い放つ。

「やっぱりか……まぁ、さっき後ろで話しているのも聞こえていたことだし、それほど驚きはしないが、問題はその手段だ。どうやってこんなことを……？」

「あなたのご想像通り、普通ならば出来ません。が、曲がりなりにもこの世界を管理する存在の一人である私には出来るのです」

ゲオルグの質問に少女は特に秘密を語る風でもなく、端的に答えた。

とても分かりやすく、そうか、なるほど、という気分に一瞬陥りかけたゲオルグだが、

「いやいやいやいや、ちょっと待て。嬢ちゃん。《この世界を管理する存在》だって？　つまり、嬢ちゃんは神だとでも？」

頭が回りだして、その言葉がおかしいということに気づく。

というかそんなことがありうるのか、と率直に思った。

ゲオルグの質問に少女は、

「神ではありません。どちらかというと、その概念で言うなら天使と言ったところでしょうね。まぁ、細かいことはいいのです。ともかく、この状況は私が起こしたということをご理解いただければ」

「……細かいことって」

細かくはねぇだろ、と言いたくなったゲオルグだが、これに対してはアーサーとセシルが仕方のなさそうな顔で注釈を入れる。

「……初めからこんな調子なんだ、こいつは。とにかく世界に危機が迫ってる、だから救世主が必要で、そのうちの一人が俺だって。その他については些末《さまつ》な話だってのらりくらり……」

「アーサーから話を聞いた後、色々あってな。私もエレヒアと話すようになったのだが、私が話しても同じだ。堂々巡りというか、核心については話す気がないようだ」

それが事実だとしたらとんだ救世主の押し売りもいいところだ。

それに、もしそうだとしたらアーサーとセシルはなぜこんなものを信じているのだろうか。

本人は天使だとのたまっているが、悪魔とかそういうものである可能性もあるはずだろう。

そう言うと、アーサーは、

「……おっさんはもう分かってるだろうけど、初めて会ったときのあれだよ、あれ。あれがあるから信じるしかなかったんだ」

「あれってぇと……俺がお前に殴られたときの、あれか？」

「そうだ。うーん……試しに、もう一回やってみていいか？　それで分かると思うんだけど」

「殴られるのは御免なんだが……」

あのときは売り言葉に買い言葉みたいなもので、殴られても構わないくらいの心境だったが、今この場で改めてぶん殴られるのは嫌すぎる。

しかし、アーサーが説明に必要だという以上、受けないという選択肢もないだろう。

アーサーも申し訳なさそうな顔で、

「気持ちは分かるんだけど、これが一番分かりやすいだろ？　ベテラン冒険者のおっさんには最適だと思う」

「……はぁ。仕方ねぇ。どんと来いや」

アーサーの言葉にはゲオルグの過ごしてきた年月や、冒険者として積んできた経験に対する敬意のようなものが感じられ、そこまで評価されて首を横に振るのは男の沽券《こけん》に関わる。

だからこその返事だったが、セシルは若干うんざりとした顔で「……男は皆、拳で分かりあえると認識してるのか……？」と首を傾《かし》げている。

まぁ、間違いではない。正解でもないが。

それから、アーサーの間合いらしい数歩分を開けて、ゲオルグとアーサーは向かい合って立つ。

そしてアーサーが拳を振り上げながら、ゲオルグに向かってきた。

やっぱりと言うべきか、相変わらず、ゲオルグから見れば遅い拳だ。

駆け出し冒険者としてはそう悪くもないのだが、ゲオルグにとってはそれこそハエが止まる速度でしかない。

なのに、ゲオルグは驚くべきことにアーサーの拳に身の危険を感じた。

――こいつは、当たる。

そう確信できる何かが、アーサーの拳には宿っていたのだ。

今回は前回と異なり、しっかりと身構えて、どんな攻撃が来ようとも避けるか受けるかするつもりでいたゲオルグ。

当然、前回かすかにあったかもしれない油断など、今回は全くなかった。

にもかかわらず、である。

実際にアーサーの攻撃を避けるべく、体を捻《ひね》ってみたのだが、気づいたときにはアーサーの拳はゲオルグの頬に命中していた。

とは言え、今回はしっかりと足を踏ん張っていたので吹き飛ばずに済んだが、それにしても驚くべき結果だったのは間違いない。

「……なんだ、これは。俺は確かに避けたぞ。それなのに……」

困惑しきりのゲオルグに、アーサーも頷いて、

「その気持ちは分かるよ。俺も一番最初はエレヒアにやられたからな……まぁともかく、その身をもって分かっただろ。俺の攻撃は、外れないんだ。絶対に《命中》する。そういうもの、らしい……。とは言え、何の制限もないわけじゃなくて、日に三回までしか使えないんだけどな。今のところ」

そう言った。

《命中》。

それは魔術か何かか、と思ったが、そんな単純かつ強力な魔術などこの世に存在しない。

命中率を上げるために一時的に動体視力を上げる、とか、身体操作能力を上昇させる、とかそういうものはあるが、結果だけを約束するような魔術はこの世にはないのだ。

それなのに、アーサーが使ったのは、まさにそういうものなのである。

今は単純に拳だけで来られたからまだいいが、考えてみれば、アーサーが武器を持っていた場合は恐ろしいことになるだろう。

顔を狙われて、かつ真剣で来られたらそれだけで死ぬ。

そうでなくとも、たとえば毒を塗った針でもいい。

そういうものを確実に当てられるのならば、その時点で少なくとも相手が人間である場合は終わりだ。

「……ちなみに、武器を持ってたら使えないとか、そういう制限はないのか？」

気になって尋ねてみると、アーサーは、

「ないな。剣を持って使ったこともあるし、他の武器とか、あとは投擲《とうてき》なんかにも試しに使ってみたことがあるが、《命中》の効力は全部に効いた」

なんと投擲武器にも活用できるらしい。

となれば、弓などにも効くのだろう。

活用の幅が広すぎる。

回数制限があるとしても、一日に三回も使えれば十分な切り札になることは想像に難くなかった。

とは言え……。

「……凄《すげ》ぇけどよ、世界の危機を救うとかいう大層な目標を掲げてるにしては、微妙な能力じゃねぇのか」

ゲオルグはふと、そう思った。

人間のような相手との一対一ならほぼ無敵に近い能力だろう。

しかし、救世主になるために使えるのか？

そう考えると、それほど使えなそうだという結論がすぐに出る。

なにせ、世の中には強大な魔物がたくさんいて、そういう奴《やつ》らには毒が効かない場合も少なくないし、ただ当たるだけではどうにもならないことも多いのだ。

これにはアーサーも同意して、

「俺もそう思ってエレヒアに聞いてみたんだ。そしたら、やっぱり俺一人の力じゃダメなんだとさ。他にもこういう、特殊な力を持っている奴らが世界には出現していて、全員で協力して初めて救世が成就するだろうって。本当かよって感じだよな」

この言い方に、空中に浮いているエレヒアは心外そうに、

「本当ですよ。まぁ、信じなくともこの世界が亡《ほろ》びるだけなのでそれでもいいというのなら……」

「待て待て、そうは言ってないだろ……というわけで、信じているというより、信じざるを得ないってところなんだよ。こんな力、普通なら存在しないってことは俺みたいな田舎者でも知ってるからな。何かあるだろうって考えるのは別におかしくないだろ？　こんな訳分かんない奴もいることだし、同じ力を使えるみたいだし」

エレヒアを見ながら、アーサーは言った。

確かに、アーサーの置かれている状況を見ると、彼の考え方も納得は出来たゲオルグである。

仮に全く納得できないにしても、これ以上の説明を求めても仕方がなさそうでもあった。

アーサーもセシルもこれ以上のことは分からないようだし、エレヒアについては語る気がなさそうだからである。

無理に聞き出す、という手段もなくはないが、そう思ってエレヒアに視線を向けると、彼女はジトッとした目で、

「……握手でもします？」

そう言って手を差し出してきた。

突然どうしたのかと思い、それでもゲオルグが手を差し出し、エレヒアの手に触れようとすると、

「……なんだこれ、触れねぇ……」

ゲオルグの手はするりとエレヒアの手を透過してしまった。

透明な時点でこの結末はなんとなく予想は出来ていたが、実際に確認すると何とも言えない気分になる。

幽体系《アストラル》の魔物であればこういうこともあるが、別に今は戦闘中でもなんでもないのだ。

幽霊だという感じでもないし、彼女から触れようと思えば触れられるようだし、一体どういう存在なのかさっぱり分からない。

にしても、これで一つ分かったことがある。

無理にエレヒアから聞き出すのは無理、ということだ。

ゲオルグから触れられない以上、それはどうしようもない事実だ。

幽体系《アストラル》の魔物用の武具を持って脅せば何とかなるのかもしれないが、そこまで戦闘態勢を整えて会いに行けば向こうも何か察するはずである。

逃げられて終わりだろう。

普段アーサーの傍《そば》で見なかったことから、ずっと一緒にいるわけでもないようだし、こうなったらどうしようもない。

「……ったく。おかしなもんに出会っちまったな……ところで、そういえばお前たちはどうしてここに来たんだ？　鬼人《オーガ》退治はほとんど終わった。ここだと残りはあと一匹くらいしかいねぇが」

ゲオルグが思い出したようにアーサーたちに尋ねる。

彼らの奇妙な事情については理解したが、わざわざここに来た理由が分からない。

鬼人《オーガ》退治は確かにある意味で世界を救うために行っていると言いうるかもしれないが、それだってもう終わるのだ。

彼らがここに来ても仕方がないような気がする。

そう思っての質問だったが、これにはエレヒアが答えた。

「それは、先ほどアーサーが申し上げた、彼と《同じもの》を探しに来たから、ということになります」

「そいつぁ……あの《命中》の力が使える奴がここにいるってことか？」

「あれはアーサーだけの力ですので、他の能力ですが、何にせよ特殊な力を持つ者の気配がここにあるのですよ」

それは一体。

ここにいる人間など、アーサーとセシルを除けば、レインズ、ニコール、カティア、それにゲオルグだけだ。

まさかその中の誰かがアーサーのような特別な力を……？

そう思っていると、エレヒアはふい、と視線を向ける方向を変え、そして指さした。

「そこに、います」

「……そこにって、こいつぁ、お前……」

ゲオルグが目を見開く。

アーサーもセシルも同様だ。

彼らからしても予想外だったらしい。

そう、エレヒアが指さした場所。

それは、ゲオルグが今にも止めを刺そうとしていた、鬼妃《オーガ・クイーン》の腹、そこに未だに残る、最後の一匹に他ならなかった。

◆◇◆◇◆

「うわぁ……マジかよ」

アーサーが顔を歪《ゆが》めながら見ているのは、ゲオルグが鬼妃《オーガ・クイーン》の腹に手を突っ込んで、その中に見える影——つまりは、鬼妃《オーガ・クイーン》の孕《はら》んでいた鬼人《オーガ》を引き出している様子である。

いくら冒険者になって、何度か狩りに出た経験があるとはいえ、率先してグロいものに関わりたいという精神をしていないアーサーにとって、もはや死んでいて動かないとは言っても鬼妃《オーガ・クイーン》の腹に直接手を突っ込む、というのは狂気の沙汰に感じるのだ。

それでも魔物の解体をした経験はあるから、冷静にそれと比べるとどっちもどっちな話なのだが、なんとなく嫌だ、というのは理屈ではない。

それに比べて、ゲオルグの表情は不動である。

ぬらぬらとした粘液を出すよく分からない生き物の腹に潜り込んでそこから攻撃を加えたり、などといった経験が山とあるゲオルグにとって、これくらいのことは何でもない。

特殊な能力を持った存在であるらしいアーサーとは言え、駆け出しとはそもそもの経験が違うのだ。

そして、どうしてゲオルグがそんなことをしているのかと言えば、アーサーの横に浮いているエレヒアが、鬼妃《オーガ・クイーン》の腹を指さして、そこに自分の求める者がいると言ったからだ。

エレヒアが、

「さぁ、アーサー。そこからそれを引き出してください」

とアーサーに言ったのだが、アーサーは面食らった様子で、

「えぇ!? 俺が!? この気持ち悪いのから!?」

と叫び、さらに何度も逡巡《しゅんじゅん》して、

「いや、無理だって……気持ち悪すぎだろ……だってさ……無理無理無理無理！」

と完全拒否するに至って、エレヒアが、

「仕方ありませんね……セシル、貴女なら……」

と水を向けた。

しかし当然と言うべきか、セシルも顔を青くして、

「いや、あの、私はちょっと鬼妃《オーガ・クイーン》アレルギーがあってな。触るのは無理なんだ、申し訳ないな……いや、アレルギーさえなければ、良かったんだがな、残念だ。実に残念だ……」

と非常に嘘《うそ》くさい言い訳をし始めた。

とことここに至って、エレヒアは、ゲオルグの顔を見て、

「では、よろしくお願いします」

と言い出した。

ゲオルグが突然の台詞に、

「……何がだよ……」

とげんなりした様子で尋ねるも、エレヒアは、

「え？　もちろん、それを取り出すことについてですよ。慣れておいでですでしょう？　ベテラン冒険者さん」

という。

確かに慣れていないわけではない。

ただ、なんで自分なんだ、と思わずにはいられなかった。

しかし、ここにいるのはアーサーとセシル、エレヒアとゲオルグだけであり、うち二人は拒否、エレヒアは透ける体である。

一応ものに触ったりは出来るようだが、継続的に実体化し続けるのは難しいらしく、こういう作業は出来ないのだということだった。

そういうことなら、もはや仕方がないだろう。

何の義務もないが、ゲオルグはその人の良さを発揮して、

「……仕方ねぇな」

そう言いながら、作業に取り掛かり始めたのだった。

エレヒアの話によれば、この鬼妃《オーガ・クイーン》の腹の中にいる存在はアーサーと同質の存在であり、世界を救うために必要な一人なのだという。

大切に扱ってくださいと言われ、剣で腹を切り刻んで出すというわけにも行かず、遠い部分を切り裂いて、そこから腕を突っ込んで取り出すという世にも悍《おぞ》ましい方式になったのだった。

それからしばらくして、ずるり、と音がして、鬼妃《オーガ・クイーン》の腹の中にいたそれは引き出された。

ゲオルグはそれを見て、驚く。

「……こいつぁ、なんだ。鬼人《オーガ》って言うより、人族《ヒューマン》みてぇな……？」

ゲオルグがそう言ったのも無理はない。

鬼人《オーガ》と言えば、大概が巨体を持っていて、また人とは異なる体色をしている異形なのである。

しかし引き出したそれは、まるで人族《ヒューマン》の少女のような容姿をしているのだ。
十四、五歳の若干華奢《きやしや》な少女。
顔立ちもほぼ人族《ヒューマン》そのもので、頭の辺りに鬼人《オーガ》であることを少しだけ主張するように、角らしきものが見えるくらいである。

服も着ていないが、その状態でも体のどこにも鬼人《オーガ》らしさが感じられない。

「それは当然ですよ、その子は鬼人《オーガ》であって鬼人《オーガ》でない、特別な存在ですからね」

エレヒアがそう答えるも、今一納得できないゲオルグである。

なにせ、こんなものは初めて見たのだから当然だ。

それをあっけらかんと説明されても納得できるわけがない。

けれど、そんなゲオルグの心境などどうでもいい、と言わんばかりにエレヒアは、

「では、ゲオルグさん。ありがとうございました。アーサー、運んでください」

と指示する。

アーサーは未だ粘液でべたべたの少女を見て困った顔をして逡巡していた。

その間にセシルが自分の外套《がいとう》で少女を包む。

それからしばらくして、決意が決まったらしく、アーサーは、

「よしっ……」

そう言って、少女を肩に背負った。

未だ駆け出しとはいえ、それなりの力はあるらしく、十四、五の少女を抱えるくらいは十分に出来るようだ。

それから、アーサーは、

「おっさん、なんか色々迷惑かけたな。俺たちは行くよ」

そう言って、広間の出口の方に向かっていく。

セシルも軽く会釈をし、

「では、また街でな」

と言い、最後にエレヒアが、

「あぁ、ゲオルグさん。ここであったことは秘密ですからね。じゃないと世界が亡ぶので」

と嘘か本当かよく分からない口調で言い、去っていった。

ゲオルグはそんな三人を何とも言えない心境で見送ったが、全員がいなくなってから頭をバリバリと掻《か》いて、独り言を言う。

「……わけ分かんねぇな。っていうかこいつらになんて説明したら……」

エレヒアがかけたらしい、時間停止により動きを停止させているレインズたちを見て、ゲオルグはそれが解けるまでの間、頭を悩ませたのだった。

◆◇◆◇◆

「では、最後の一匹に止めを刺した瞬間、こうなったということですか……」

カティアが難しそうな顔で、そう答えた。

ゲオルグはその言葉に頷き、

「あぁ。お前らは意識が一瞬飛んでたみたいだが、たぶん、腹の中の一匹の最期のあがきみたいなもんだったんだろうな」

そう答える。

自分でも苦しい説明だと思うし、そもそもエレヒアの忠告を馬鹿正直に聞いてやる義務もないのだが、あえて乗ることにしたゲオルグであった。

別に絶対にありえない話でもない。

ゲオルグも過去の鬼人《オーガ》の巣の討伐例は調べて知っているが、その中で、鬼妃《オーガ・クイーン》の腹の中にいた鬼人《オーガ》の子供の魔力が暴走して、一瞬、幻惑状態になった、という話はいくつかあった。

今回のもそういうことだった、という話にすれば、ここにいるゲオルグ以外の三人はほぼ一流どころの冒険者しかいないため、逆に納得するだろう、という計算だった。

実際、ゲオルグがその事例に言及しなくとも、レインズが、

「……そういや、西レントスの鬼人《オーガ》の巣の討伐のときは、そういうこともあったと聞いたことがあるな。他にも同様の事例がいくつかあったはずだ」

と話し、それに同意するように、カティアとニコールも、

「それは私も知っています。ですから注意していたのですが、実際になってみると全く意識が出来ませんでした。これは恐ろしいものですね……」

「話に聞いてたよりやばい奴だった、ってことだろうね。最後まで気を抜いたつもりはなかったんだが、もっと気を引き締めなければ……修行が足りなかったよ」

と言っている。

ゲオルグとしてはお前らちょろすぎだろ、と言いたくなるような反応だが、三人ともゲオルグの人柄を知っているため、むやみやたらに人を騙《だま》すことなどありえないと思っているがための反応だった。

他の、あまり知らない冒険者がこんなことを言い出せば、それなりに疑って話を聞いて、場合に

よっては詰問すらしていただろうが、今回ばかりはゲオルグの積み重ねが良い方向に作用した。

これによって、レインズたち三人が、これから間違った判断をしたりするようなことがあればゲオルグとしても問題を感じるが、三人とも今のランクに上るまでに痛い目にはそれなりにあっている。

何があっても、油断したり気を抜いたりする方向で話がまとまることはないだろう、と思って話したため、問題はないだろう。

ともかく、これですべては終わった。

後は残党狩りが残っているだろうが、それはもうゲオルグたちの仕事ではなく、C級以下の冒険者たちの仕事だ。

それを奪うのは、彼らの稼ぎを奪うことになり、良くない。

そう思って、ゲオルグは言う。

「それじゃ、あとは適当に素材を回収して戻るか。特に鬼妃《オーガ・クイーン》と鬼将軍《オーガ・ジェネラル》のものは持てるだけ持っていきたいな。他のは……まぁ、質もあれだし、無視でもいいだろう」

通常の鬼人《オーガ》の素材に関しては、かなり乱暴に戦ったためそのほとんどが使い物にならないようなレベルで傷ついている。

特にゲオルグが倒したものはその傾向が強い。

レインズやカティアが倒したものは傷も少なく、十分に素材として活用できるものだが、いかんせん数が多すぎてすべてを回収する気にはならない。

ただ、カティアは、

「鬼魔術師《オーガ・メイジ》の角だけは必ず確保しますよ。というか、ゲオルグ、どれがいいか見ていただけます？」

とゲオルグの耳元でこそりと言った。

彼女がそう言うのも尤《もっと》もな話である。

なぜなら、カティアの【魔銃】を修理するために必要な最後の素材が、鬼魔術師《オーガ・メイジ》の角であるのだから。

そして修理する技術者がゲオルグであり、修理するために最も適切な逸品を選ぶのにこれ以上の適任は他にいない。

小声なのは、レインズとニコールに聞かれないようにするためだろう。

レインズはすべて知っているが、ニコールはゲオルグの副業については何も知らない。

しっかりとした配慮だというわけだ。

「おぉ、そうだったな……。ま、鬼魔術師《オーガ・メイジ》や鬼騎士《オーガ・ナイト》を始めとする希少個体の素材は流石に確保するつもりだから安心しろ。俺はそれなりの容量のある拡張袋《ヘルフ・ポーチ》を持ってるからな。カティアもあるだろ？　レインズとニコールも確か持っていたはずだ」

拡張袋《ヘルフ・ポーチ》は錬金術によって作り出すことの出来る、内部空間を拡張した袋のことだ。

見た目よりもずっと物が入るため、冒険者にとっては垂涎《すいぜん》の品であるが、職人の腕によって性能が大幅に異なり、また生産数も少ないために中々手に入れることは出来ない。

ただ、ゲオルグは自作が出来、レインズはその伝手《つて》で持っていたりする。

ニコールについては父親が手に入れたものを譲り受けた形だ。

ゲオルグ自身は師匠二人がその持てる技術すべてを注ぎ込んだ最上級品を持っており、ゲオルグが作るものは流石にそこまでの品ではない。

そんなわけで、ここには普通ではありえない、一パーティーの全員が拡張袋《ヘルフ・ポーチ》持ち、ということになる。

ちなみに、ゲオルグは、カティアもそれを持っていることを、ハリファの店で希少な素材をいくつも取り出したことから察していた。

ああいった素材を劣化させずに所持することは通常難しく、それを忙しいA級冒険者であるにもかかわらず可能にしているのは拡張袋《ヘルフ・ポーチ》の効力であろうと。

時空魔術それ自体を使うことが出来ないゲオルグであるが、錬金術師には拡張袋《ヘルフ・ポーチ》にそれを付与することを素材の組み合わせで限定的にだが可能とする技術がある。

つまり、拡張袋《ヘルフ・ポーチ》の中には、内部空間の時間の経過を止める効力を付与されたものがあり、ゲオルグとカティアの持っているものがまさにそれである。

そういうものは、当然一部の錬金術師しか生産を可能としていないので、頭が痛くなるほどの値段がつくものだが、カティアのようなA級冒険者なら買おうと思えば買える品であった。

ちなみにゲオルグが作り、レインズに譲ったそれにはそこまでの性能はない。

技術の問題というより、そもそも素材の問題でどうしようもなかった。

時空魔術を限定的とはいえ実現するために必要な素材は、それこそ、そう簡単に手に入るものではない。

Ｂ級冒険者程度の伝手ではどうにもならない品ばかりなのだ。

カティアはゲオルグの言葉に若干驚き、しかしすぐに納得したように苦笑して、

「……そうですよね、一流の細工師ともなれば、見ただけで分かりますか……」

「というより、少し不注意だったな。興奮していたのかもしれねぇが、あの素材を綺麗《きれい》に保存するのは本業でも簡単じゃない。忙しい冒険者にゃ、何か特殊な手段でもないと無理なのさ」

「そういうことでしたか……【魔銃】が直ると思って浮かれすぎましたね。今度からは気を付けることにします」

そう言ったのだった。

エピローグ

The underdog middle-aged adventurer lives his life to the fullest today as well.

「ど、どうですか!? 直りそうですか!?」

かちゃかちゃとカティアの物である【古式魔銃】をいじるゲオルグに、そんな声がかかる。

当然、声の持ち主はカティアであり、ここはゲオルグの自宅だ。

「……何度目だよ。直るって言ってるだろうが」

手を動かしながら、呆《あき》れたようにそう言ったゲオルグは手馴《てな》れた様子で【古式魔銃】の部品を、側《がわ》の内部に収めていく。

実のところ、修理の必要な大部分が内部機構の機能不全なのだが、それはもうほとんどが終わっている。

鬼人《オーガ》の巣の掃討から数日、家でずっとカティアの【古式魔銃】の修理に時間を費やしてきたためだ。

素材もほとんどカティア本人から渡されているし、この間手に入った鬼魔術師《オーガ・メイジ》の角で必要な素材はすべて揃《そろ》った。

そうなれば、ゲオルグにとって、魔道具の修理というのは慣れた作業であり、よほどのことがなければ失敗などしない。

その対象が現代の技術では作り出すことが難しいと言われる【古式魔銃】であったとしても、現代最高峰の技術者に学び、研鑽《けんさん》を続けてきたゲオルグにとっては、他の魔道具の修理とさして変わらなかった。

「ですけどっ、楽しみで楽しみで……」

「それで、待ち切れずついてきたってか。出来上がったらハリファの店に持っていくっつったろうが……大体いいのか？　お前、ちょうどいいからってアインズニール冒険者組合《ギルド》から依頼を受けるように頼まれてただろ」

A級冒険者向けの依頼など基本的にこんな辺境にはほとんどないものだが、それでも全くないというわけでもない。

ただ、緊急性のあるものについては他の地域から、今回の亜竜退治のようにA級冒険者が招かれて片づけていくため、アインズニールのような辺境に残されているA級冒険者向けの依頼というのは大半が長い間受ける者もおらず放置された塩漬け依頼ばかりである。

そういった依頼を、ここアインズニールにいる間にいくつか片づけてくれないかとカティアはしきりにアインズニール冒険者組合《ギルド》から頼まれている状態にある。

しかし、基本的に冒険者というのは自由な生き物で、依頼を強制することは滅多にできない。

冒険者組合《ギルド》は場合によっては強制的な指名依頼として冒険者に依頼を受けることを義務付けることも出来るのだが、それは冒険者組合《ギルド》の規定に定められた厳格な条件をクリアした場合だけだ。

それ以外は、依頼を受けるか受けないかは指名依頼であっても冒険者本人に決める権利がある。

ただ、カティアはそういった意味で非常に優しいというか、人のいい冒険者で、塩漬け依頼も多

少は片づけるつもりがあるらしい。

今日も、ゲオルグが足りなくなった素材を仕入れようと冒険者組合《ギルド》に出向くと、カティアが職員から塩漬け依頼の説明を受けている場面に出くわした。

ところが、カティアはゲオルグの顔を見ると同時に、【古式魔銃】の修理の進行状況を聞いてきて、おそらく今日中に修理は終わることだろう、ということをゲオルグが述べると、ならゲオルグの家で修理が完了するのを待っていていいか、と言い始めたのだ。

ゲオルグとしては別にダメという理由も特になかったので、頷《うなず》いてしまったが、ふとカティアと今まで話していた職員の表情を見ると、悲しみに覆われていて、しまった、と思ったものである。

カティアはゲオルグの言葉に頷きながら答える。

「そうなんですけど、やっぱりこっちの方が気になるじゃないですか。亜竜探しの方も、随分と奥地の方に引っ込んでしまったのかうまくいってませんし。長丁場になるかもしれませんから急がなくともいいかなと思いまして」

「アーサーたちの話じゃ街道に出てきたってことだったから、すぐに見つかるものかと思ってたがな。元の住処《すみか》だった洞窟の方はどうだったんだ？」

あの亜竜はもともと、街道近くの緑の洞窟にいたものだ。

街道から姿を消したなら、そこにいる可能性は低くない。

しかし、カティアはこれにも首を横に振る。

「すでに当たってみたのですが、何もいませんでした。亜竜の鱗《うろこ》が何枚か落ちていたのを発見したので、拾ってきたらいい稼ぎにはなりましたけど、それくらいですね」

と、ちゃっかり儲《もう》けていたようである。

もともと住処にしていただけあって、生え変わった鱗が結構な数、落ちていたらしい。

生え変わりは亜竜それ自体から直接剝がしたものよりも強度は弱いが、それでも亜竜の鱗は亜竜の鱗である。

そんじょそこらの素材とは比べ物にならない強度を持ち、鍛冶屋には垂涎《すいぜん》の品であることは変わりない。

つまり、高く売れる。

それに加えて、ゲオルグも細工師としてちょっと欲しいと思わないでもなかった。

「……ほう。ところで、まだ、余ってたりなんかしないか？」

ゲオルグがそう言うと、カティアは微笑《ほほえ》んで、

「そう言うのではないかと思いまして、三枚ほど売らずに確保してあります。欲しいですか？」

と尋ねてきた。

ゲオルグはその言葉に、即座に欲しい、と言いかけたが、何か危機感を抱いて口を閉じた。

それから少し考えてから、改めて口を開き、

「……何か条件があるんだろう？　とりあえず言ってみろ」

と注意深く尋ねる。

これにカティアは悪戯《いたずら》っぽく笑い、

「おっと、流石《さすが》に勘が鋭くていらっしゃいますわね……」

と企《たくら》みを隠さずに言った。

ゲオルグは呆れた顔で、

「悪だくみしてる奴《やつ》の顔は見れば分かる……って言っても、お前が悪い奴じゃねぇことは分かってるけどな。それでなんだ？　何か頼みたいことでもあんのか？」

要は、ちょっとしたお遊びのようなものだったわけで、ゲオルグとしても何かカティアが頼みたいことがあるというのなら、受けてやっても構わないと考えている。

カティアはそれに頷いて、

「ええ。お願いというか、質問なのですけど……まずこちらを見てください」

そう言って、じゃらじゃらとゲオルグの作業台の隅に、【古式魔銃】の術莢《じゅつきょう》をいくつか革袋から出した。

鬼人《オーガ》の巣の掃討のとき、大量に使っていたのでゲオルグにも十分見覚えがある。

それがどうかしたのか、とカティアの顔を見ていると、カティアは言った。

「何か、改良の余地があったら意見が欲しいな、と思いまして。私はもちろん本業の細工師ではありませんが、【古式魔銃】関係の技術についてはしっかり学んで修めました。その上で、自分なりに工夫して作っているものなので、悪くはないと思っているのですが……やはり、ゲオルグの技術を見ると、まだまだ先があるのではないかと思いまして……どうでしょうか？」

「なんだ……何を言うかと思ってびくびくしていたら、そんなことか。俺も術莢《じゅつきょう》については作ったことがないわけじゃねぇ。多少は見れるが……」

と言うと、カティアは、

「本当ですかっ!?」

とあからさまに笑顔になって、喜びを示す。

そのあまりの剣幕にゲオルグは驚き、狼狽《ろうばい》する。

「な、なんだよ……落ち着けって」

そう言うと、カティアは、はっとし、それから、

「あぁ、すみません……珍しく術莢《じゅつきょう》について話せそうな人を見つけたので、ちょっと興奮してしまって」

と言った。

ゲオルグはそんなカティアを怪訝《けげん》な目で見て言う。

「……王都ならそれなりに魔銃使いはいるだろう？　そいつらじゃダメなのか？」

魔銃使いの絶対数はかなり少ないとはいえ、都会に行けばそれなりにいるものだ。

それに、王都においては、魔銃は自衛の手段として主に貴族令嬢に普及していると言われている。

それならば、それなりに話し相手はいそうなものだが……。

そう思っての質問だった。

けれどカティアは首を横に振る。

「ダメです！　いいえ、例外はいなくもないのですが……大半が自分では魔銃の整備も出来ない箱入

り娘ばかりで。それが悪いというわけじゃないのですけど……」

「なるほど、話し相手としては不足というわけだ」

「そういうことです！」

我が意を得たり、という感じでゲオルグを指さしたカティア。

しかしゲオルグは、

「そういう意味なら俺も微妙だろう。細工師だが、魔銃使いってわけじゃないぞ」

実際、頻繁に魔銃に触れている人間の方がよほど楽しく話せるのではないか。

ゲオルグはそう思って言ったが、カティアは、

「私はどっちかというと使い心地とか性能自慢よりも技術的な話の方が面白く感じる人間なのですよね。でも、王都の魔銃使いはその多くが年頃の女性ですから、どうもそういう話をすると……」

途中で言葉を切ったが、ゲオルグにはその先に続く台詞《せりふ》がなんとなく想像がついた。

「――引かれたのか。それはまた……ぷぷっ」

偏見かもしれないが、ゲオルグは経験的に魔道具やら魔術やらの詳しい理論的な説明を好む女性が極めて少ないことを知っていた。

本業が魔術師とか、その研究者とかなら問題ないのだが、一般的な趣味しか持たない普通の女性にそういう話をするとまず間違いなく引かれる。

多少なら興味深く聞いてくれる優しい女性もいるが、熱が入り始めるとダメだ。

相手の顔色が変わっているのを察知できなくなってしまって、最終的には気づかない内に引かれ

ていた、という状況になることも少なくない。

これは、ゲオルグ自身の経験ではなく、ゲオルグの錬金術と彫金の師匠たちが酔っぱらうとよくしていた話だ。ゲオルグは悲しいことに顔の問題があるため、そんな機会すらない。

二人とも、仕事に熱中しやすく、それが女性に対しても出てしまうタイプで、だからこそよく振られていたのだ。

今では二人とも結婚して幸せな家庭を築いているようだが、あの難解かつ長大な二人の話をにこやかに聞いてくれる女性を見つけたのだとしたら、それはほとんど奇跡に近い。

一度会ってみたいと思っているが、住んでいる場所も遠く、二人が結婚してから一度も会いに行ったことないので、今更、結婚の挨拶に、というのもどうかという気もしている。何か機会があれば違うのだが……。

ゲオルグの言葉に、カティアは頬を膨らませて、

「笑うことないじゃありませんか……。私もあそこまで引かれるとは思わなかったのです。私はただ、術莢《じゅつきょう》に込める魔術の規模と、暴発率の関係について詳細に語っただけですのに」

と言ったが、それを聞いてゲオルグはいくらなんでも話題の選択下手すぎだろ、と思った。

よりにもよって、魔銃の暴発の話を、それを使って護身しているのだろう貴族令嬢に語るのは悪い。

まぁ、それくらいなら百歩譲ればまだ許されるのかもしれないが、問題はどの程度語ったかだ。

ゲオルグは気になって尋ねる。

「ちなみに、どんな風に話したんだ？」

「内容ですか？　それはですね……魔銃の暴発は、弱いものでは魔銃が壊れる程度で済みますが、場合によっては指が飛び、もしくは腕が破裂し、ひどければ半身が爆発する可能性もあるのでよくよく注意しなければならないというところから始めまして……」

「……おい、お前、実は馬鹿なんじゃないのか？」

「はて……？」

ゲオルグのツッコミに、真剣に、よく分からない、という顔つきをするカティアに、ゲオルグは自分の師匠たちのことを再度、思い出す。

あの人たちにもこういうところがあった。

自分の夢中になっている分野についての話をし始めると、止まらない上、グロいこととか怖いこととかについての他人に対する配慮がどんどん欠けていくのだ。

普通、成人していない子供に、かつて行われた古い王国の人体実験において非業の死を遂げた人々の死に方について、詳細な描写込みで話したりするか？

自分の性格がさほど歪《ゆが》まなかったことが奇跡的であると思わずにはいられないゲオルグである。

カティアにもそういうところがあるようで、これはどうにかして矯正しなければいずれは師匠たちのようなマッドサイエンティスト化するぞと感じ、言った。

「カティア、俺が今度常識というものをお前に教えてやる。今度酒に付き合え」

珍しいゲオルグの誘いに、カティアは、

「は、はい……？」

と困惑しながらも頷いたのだった。

◆◇◆◇◆

「……こっちはこれでいいな。あとはここを組み立てて……と」

気を取り直して、ぶつぶつと呟《つぶや》きながら、複雑に分解されていた古式魔銃の部品の組み立てを続けていくゲオルグ。

その様子をカティアは百面相をしながら見つめていた。

先ほどからずっとゲオルグの手つきは確かで、危ういところなど何一つ見られなかった。

自分の愛銃である。

当然、その手入れの必要のため、簡単な修理や分解掃除は数え切れないほどしてきたカティアだったが、そんな彼女であってもゲオルグの分解・組立の速度は目を見張るものがある。

もちろん、何十、何百、何千と繰り返してきた作業であるから、まだカティアの方が早い、とは思う。

けれど、ゲオルグはこの古式魔銃についこの間、初めて触れたのだ。

にもかかわらず、ということを考えると、やはり驚異的だった。

それに加え、内部の基板や配線などのことになると、もはやカティアにもさっぱりだ。

古代の道具である。

その全容はそうそう簡単に理解することは出来ず、修理できる者などほんの一握りだ。

ましてや、今回の故障は他の古式魔銃から部品を拝借して、とかそういった騙《だま》し騙しの方法ではどうにもならなかったもの。

それをゲオルグは……。

そんなことを考えつつ、カティアはふと、途中で気づいて尋ねる。

「あ、あれっ。そこの配線ってこっちじゃなかったですか？」

その指摘にゲオルグは頷くが、しかしそれに続けて説明した。

「……元々はな。ただ、そのままにしておくと熱がこもって故障しやすくなるから位置をずらしたんだ。勝手にやって悪かったが、後で分解・組立の方法についても説明するから許してくれや」

少し申し訳なさそうなのは、まさにカティアに相談することなく勝手に改造してしまったからだろう。

しかし、そもそもカティアはどのように改造しようと構わないから、元通りに稼働するようにしてほしい、という依頼をしたつもりだった。

だからカティアは首を横に振って、

「いえ……そんな、全く構いませんわ！　むしろ、故障しにくくなるのならその方が……確かに、言われてみるとその辺りが焼け付くことが少なくなかったですわね……部品も集めて交換したりはしていたのですが、もしかして今回も？」

心当たりがいくつもあったカティアが、今後のために尋ねると、ゲオルグは、

「故障の原因か？　確かに根本的なのはここの故障だっただろうな。予想になるが、ここが焼け付いているのに無理に使ったことがあっただろ？　そのときに術莢《じゅつきょう》に込められた魔術が僅かながら銃全体に漏れ出て壊れた、というのが正確なところだと思う。だからこそ、いろいろな素材が必要だったんだ。全体的に修理する必要があったからな……まぁ、素材はほとんど持っていたようだが」

普段、簡単な故障の場合は自分で修理しているからこそ、必要な素材は初めから概《おおむ》ね持っていたのだろう。

カティアはゲオルグの説明を聞き、がっくりとして、

「……私が酷使しすぎたのですね……。これからはもっと大切に扱いたいと思います」

そう答えるも、ゲオルグはこれに首を横に振って、

「いや……大切に扱っていたのは分かるぜ。そうじゃなけりゃ、その故障の原因となった酷使すら出来なかったはずだ……それに、全体的に壊れてた、って言ってもしっかりと原型が残った形だったからな。流石にゼロからどうにかするのは俺には無理だ。理論が失われてしまって、仕組みが分からないところもそれなりにある……配線やら魔力の流れやらは再現できるってだけでな。ちなみにだが、なんでそんなに酷使したんだ？　かなり貴重で、一度失われたら手に入れがたい品だってことはあんたが一番分かっているだろうに」

そう尋ねる。

その言葉からは、カティアが適当に扱った結果こうなった、とは少しも思っていないゲオルグの気持ちが伝わる。

それは道具を大切にする人に、志を同じくする者として扱われたような気がして、カティアは少し嬉《うれ》しくなった。

だから、というわけではないが、カティアは愛用の銃が故障した原因について語り始める。

それには必ずしも、ただ経緯を説明したいというだけではなく、ある一つのカティアの思惑が込められていた。

「……少し前になりますが、王都で魔族が出たのです。その際に、王都冒険者組合《ギルド》の上位冒険者で協力して魔族を追いつめたのですが、最後はかなりの激戦になり……あと一歩、というところで魔銃の調子が悪くなりまして……しかし、今撃たなければ私は死ぬだろう、と思ったもので仕方なく、そのようにしました。結果として、その魔銃は壊れてしまったわけですが、おかげで命拾いしましたので、今でもその判断は間違っていなかったと思っていますわ」

魔族。

その存在は、大まかには遥《はる》か昔から歴史上にあり、幾度となく人類と対立してきた者たちのことを言う。

しかし、実のところその定義ははっきりとはしていない。

それには様々な理由があるが、主な理由は歴史上、異なった使い方を何度もされてきて色々な概念が混じり合い、混同されてきた言葉であるからだろう。

たとえば、一つの使い方として、それは魔王と呼ばれる存在に率いられるものすべてのことを言った。

その場合、魔王の率いている種族すべてが魔族と言われた。

また、別の使い方として、人型の魔物を指した。

この場合は、緑小鬼《ゴブリン》や豚鬼《オーク》なども含めて使われた。

また、非常に限定的な使い方としては、魔人、と呼ばれる種族のみを指す場合もある。

今回、カティアが言っているのはこの最後の用法。

つまりは、魔人のことを言っているのだろう。

魔人は非常に強力な力と知能とを併せ持った種族であり、人族《ヒューマン》や森人《エルフ》、鉱人《ドワーフ》などと並んで人類種の一つとして数えられることもあれば、魔物の一種としても数えられることもある特殊な者たちだ。

吸血鬼種《ヴァンパイア》や人狼種《ワーウルフ》などが代表的だが、他にも様々な者がいる。

「魔族か。王都の話はあんまりこっちじゃ聞かねぇから知らなかったな。王都に魔族なんて、相当な大事件だっただろうに」

それにもかかわらず、噂《うわさ》すら聞かないことに首を傾《かし》げるゲオルグ。

いくらアインズニールの街が辺境と言ってもいい位置にあるとは言え、そこまでのことなら誰かしら商人などが噂していてもいいはずだと思ったからだ。

カティアはその理由を説明する。

「確かにおっしゃる通りです。そして、だからこそ、その事実は一般には伏せられました。このことを知っているのは、先ほど申し上げた、魔族の討伐に参加した上位冒険者と、冒険者組合《ギルド》の上層部、それに国王陛下と、王都の高位貴族数人のみです……今は、もう少し多いかもしれませんが」

最後に付け加えられた一言の意味がよく分からなかったが、ゲオルグはカティアの説明に眉をひそめる。

「……おい、それを俺に言っちゃまずいんじゃねぇのか？」

冒険者にもある程度の守秘義務はある。

冒険者として、ランクが下がるにつれて意識しない者、守らない者が多くなってくるという事実はあるが、基本的には依頼者の秘密は守るべきとされる。

カティアはＡ級冒険者であり、そのような意識の薄い二流、三流どころではないため、その辺りは十分認識しているはずだが……。

そう思っての言葉だったが、これにカティアは、

「王都内で一般人にことさらに語ることは禁じられましたが、これと認めた冒険者に対して説明することはむしろ積極的に推奨されたので大丈夫ですよ」

と意外なことを言う。

さっき、カティアが最後に付け加えた、今は知っている者はもう少し多い、とはそういう意味かと理解は出来た。

しかし、その理由が分からない。

ゲオルグは首を傾げ、

「……どういうことだ？」

そう尋ねる。

するとカティアは、

「王都冒険者組合《ギルド》は魔族の大規模な侵攻が遠からず起こると予想しているようです。先日王都で確認された魔族は、その斥候ではないか、と。だからこそ、実力のある冒険者にはその事実を伝え、いざというときのために準備をしておいてもらうこと、そして魔族について何かしらの情報を得た場合には積極的に組合に報告をしてほしい、とのことです。あまりランクの低い者たちにこういった予測も含めて告げますと、余計な混乱を招き、また、確度の低い情報が大量に出回ることになる可能性がありますので、比較的上位の……概ね、B級以上の冒険者、それもそれなりの信用できる者に対してに限られましたが。その点、ゲオルグはB級ですし、この事実について伝えても問題ないと思いました」

「信用してくれるのはありがたいが……俺なんて田舎のB級冒険者に過ぎないんだがな。それにしても、それだけの事態を予測していながら、随分と消極的な対応のような気もするが……」

顎をこすりながら、謙遜と、そして事実を含めて言ったゲオルグである。

確かに、ゲオルグとしてはこれを聞いたからと言って誰かに言いふらしたりするつもりはないし、それこそ魔族に関して何か情報を得たら即座に組合に報告しようと心に刻んだのだが、まだカティアと会ってそれほどの時間は経《た》っていないのだ。

そこまで信用されるようなことはしたつもりはなかった。

また、冒険者組合《ギルド》の対応に積極性があまり見られないというのも事実である。

大規模な侵攻が予測されているのなら、むしろ大々的に公表してしまった方がいいようにも思える。

これにカティアは、

「あくまで予測であるというのと、今日明日、というよりかは数年間隔での話のようです。本格的な公表はいよいよ差し迫ってから、ということなのでしょう。そうでなければ、経済活動にも影響が出るでしょうから。といっても、王都でも耳の早い商人などは高位冒険者の護衛の囲い込みなども始めているところもあるようなので、漏れるところからは漏れているのでしょうけど」

「なんだか王都は物騒なんだな……」

ゲオルグはそう言いながら、アインズニールは田舎だから関係ないだろう、とは言えないだろうなとも思っていた。

どこから魔族がやってくるかによるが、王都を攻めるというのならその途上にある都市もまた侵攻されるだろうし、アインズニールがそうなってもおかしくはない。

軍事的にアインズニールを押さえたところで大きな旨《うま》みがあるとも思えないが、魔族の思考は常人には理解しがたいところがたくさんある。

絶対に大丈夫、とはとてもではないが言えないのだ。

「ええ、そうなのです。ですから、王都では高位冒険者を集めておりまして……」

「ん？」

「他の地域より依頼料や待遇を良くして、拠点をしばらくの間、王都に移すように積極的に他の地域の冒険者組合《ギルド》に勧誘をかけているのです。先ほど言った理由は語れませんから、表向きの名目としては、王都で経験を積んでもらい、それによって得た知識や技能を地方都市へと還元してもらうため、としていますが……」

「なるほど、たまにやってることだな」

長くアインズニールで活動しているゲオルグも、そういう勧誘は何度か聞いたことがある。

数年に一度、地方都市から中央へ高位冒険者や見込みのある新人などを派遣して、経験を積ませ、技能を身に付けてもらい、それを地方都市へと持ち帰ってもらい、後進の指導などに役立ててもらう、ということが行われているからだ。

この場合、旅費や滞在費は冒険者組合《ギルド》持ちになったり、何か特別な報償が出されたりとそこそこ旨みがある。

今回は、本来の理由を言えない代わりに、それを理由に高位冒険者を集中して集め、魔族対策としようということだろう。

しかしそれをしてしまうと地方都市の戦力が心許《こころもと》なくなる。

それについてはどうなのか、とゲオルグがカティアに尋ねると、

「集めている、と言っても地方都市の冒険者すべて引き抜く、というよりかは一つの都市から一人か二人、というくらいなのでそこまで深刻な戦力低下は起こらないと考えられているようです。それに、戦力を集めたいと言うほかに、様々な冒険者組合《ギルド》の冒険者たちを王都で顔合わせさせること

によって、情報網を強化したい考えのようで……」

「なるほどな。となると、やっぱり本当に今日明日の話じゃなくて、もっと気長な感じなんだろうな……」

まぁ、魔族はともかく、この話はあまり自分には関係なさそうだ、とゲオルグが思ったところで、カティアが口を開く。

ゲオルグは手元に夢中で気づかなかったが、カティアのその口調には少しばかり、緊張と不安の色が混じっていた。

「それで、ですね……おそらく、アインズニール冒険者組合《ギルド》にも高位冒険者を派遣するよう、王都から要請が来ていると思います」

「まぁ、そうだろうな……」

組み立てた銃に不具合がなさそうか、矯《た》めつ眇《すが》めつ見ながら、ゲオルグがぼんやりと答えた。

カティアはさらに続ける。

「……ゲオルグ、それに参加しませんか？」

「あぁ、そうだな……ん？」

「そうですか！　良かった！　では冒険者組合長《ギルドマスター》のゾルタンさんにその方向でお話をしておきますね！」

喜びのこもった返事を聞いた辺りで、ゲオルグはふっと我に返り、今の質問と返答の意味が頭に染み込んでから、慌てた。

「……あ、お、おい、ちょっと待った……！」

しかし、ゲオルグが振り返ってそう言うが早いか、カティアの姿はいつの間にかゲオルグの部屋から消えていて……。

おそらくは、まさに今、冒険者組合《ギルド》に走ったのだろう。

古式魔銃が直るまでここにいる、と言っていたのに、随分と気が急《せ》いたのか……いや、ゾルタンに話した後、引き取りに戻ってくるのだろう。

それにしても、ゲオルグは改めて自分の返答を思い出し、

「……しまった。上の空だった……あとで、カティアとゾルタンの親父《おやじ》に謝っておくしかねぇか……」

そう後悔したのだった。

番外編

飛竜退治

The underdog middle-aged adventurer lives his life to the fullest today as well.

ゲオルグがＢ級冒険者になる何年も前のこと。

その日、ゲオルグはいそいそと準備をしていた。

着替えに、気に入りの酒、簡易的な細工の道具に、料理用具……。

それらをすべて、拡張袋《ヘルフ・ポーチ》に投げ込んで、よし行くか、と心に決めて立ち上がる。

どこに行くのか、と言えば《アーズ渓谷》に、である。

《アーズ渓谷》とはゲオルグが拠点にしている街、アインズニールの北に存在する温泉地、別荘地であり、アインズニールで小金を稼いだ者の大半がそこに小さいながらも家を購入し、たまに時間をとって余暇を楽しみに行くところだ。

ゲオルグも同様で、Ｂ級昇格がそろそろ見えてきて、小金も貯《た》まってきたため、ついこの間、悩みに悩んで一軒の小屋を購入したのだ。

決して小さくはない代わりに、かなり不便なところに存在するため値段は安く、Ｃ級のゲオルグにも買える金額だった。

不便なところにある、と言ってもゲオルグにとっては決してマイナスなポイントではなく、結構な趣味人が以前の持ち主だったようで、居心地は極めて良さそうであり、また拡張性も高く感じられた。

ゲオルグの職人としての腕をもってすれば、その不便さの解消も遠からず可能であり、それがゲオルグにとっての余暇の楽しみにもなりそうで、だからこそ購入したのだ。

とりあえずは水回りの改造から始めて、台所、風呂、暖炉などなど……出来るところはすべて好みの状態まで持っていくのが目標だった。

家を購入して三か月。

それを楽しみに今日まで依頼に精を出してきた。

今日のゲオルグがアーズに行くことは、誰にも止めることはできない……誰であろうと、決して。

そう思って自宅の扉に手をかけ、外に向かって開くと……。

「……よう、ゲオルグ。何だか、随分と楽しそうだが……そんなに俺の訪問が嬉《うれ》しいのか？」

冒険者組合《ギルド》に登録したときからずっと、腐れ縁とも言っていい親友、レインズが笑顔でそこに立っていた。

◆◇◆◇◆

「……それで？　何の用だ？」

ゲオルグは少しばかり機嫌悪そうにそう言いながらも、まるで自分の家でくつろいでいるかのようにゲオルグの家の椅子に腰かけるレインズに手製のハーブティーを提供する。

「……なんだか妙にぶっきらぼうだな……あちっ！」

カップを啜《すす》ろうとしたが思った以上に熱かったらしい。

危なく取り落としそうになるが、そこはレインズもまたC級冒険者である。

問題なくカップを把持しつづけ、ゆっくりとソーサーに置いた。

しかし、珍しいことである。

普段であればこんな失敗をレインズは犯さない。

本物の貴人のような仕草で紅茶を飲む男なのだ。

大通りのカフェなどで道を通り過ぎる貴婦人たちに手を振って喜ばれている姿をたまに見かけるくらいである。

そんな彼が……。

「レインズ……お前、何か変なものでも食ったのか?」

本当に心配そうにゲオルグがそう言ったので、レインズは心外そうな顔で、

「おい、いきなりご挨拶だな。そういうわけじゃねぇよ……まぁ、確かにちょっと変になってるのは認めるが」

「あ?」

「あの、なぁ……今日来たのはその、ちょっと言いにくい話があってよ……」

どうやら、ただゲオルグの出発を邪魔しに来た、というわけではないらしい。

ゲオルグは今日、街を離れることを誰にも言っていないので邪魔しようと思っても無理なので、そんなことはありえないとは知っているがレインズならどこかから嗅ぎ付けそうな気がしたので、

その可能性が否定されたことは良かったと思う。

しかしだ。

レインズが言いにくい、と言う話とは何なのだろう。

お互いに長く友人関係をやってきて、秘密などあまりない。

全くない、とまで言えないのは、やはりお互いに冒険者。

話しにくいこと、話したくないことはあるからだ。

だが、それは何か隠そうとしているのではなく、ただ、言わないだけだ。

言ったところで楽しくはならない話というのはたくさんある。

つまり、今、レインズは何らかの理由でそういうことをゲオルグに言おうとしているのだろうか？

冒険者がそんな風に決めたときは、大体が何かを覚悟したときであるとゲオルグは知っている。

たとえば、引退を決めたとき。

たとえば、子供が出来たとき。

たとえば、仲間が死んだとき。

他にも様々あるが、どれも人生にとって重大事だ。

レインズにも何かあったのだろうか……？

そう思ってゲオルグは背筋を伸ばし、言う。

「……俺とお前の仲だ。なんか言いたいことがあるならはっきり言ってくれて構わねぇぜ。何でも受け止めてやる」

するとレインズは、

「……そうか。そうだな……俺とお前だ……気を、遣いすぎたか」

そうぽつりと呟《つぶや》いてから、苦悩に滲《にじ》んだ表情を、清々《すがすが》しい美剣士のそれへと変えて、ゲオルグに笑いかけながら言った。

「ゲオルグ……三つ首飛竜を二人で倒そうぜ？」

その台詞《せりふ》に、ゲオルグは顎が外れそうになった。

◆◇◆◇◆

《三つ首飛竜》。

それは飛竜種と呼ばれる魔物の中でも比較的珍しく、強力な存在の名だ。

通常の飛竜は群れを形成し、一所で生活していることが多いが、その中において稀《まれ》に生まれる亜種がいくつかいる。

この《三つ首飛竜》もその中の一つで、その名の通り、首を三つ持つ飛竜である。

討伐難度は通常の飛竜がC級相当であるのに対し、B級以上、場合によってはA級クラスとも言われる難物だ。

「……そんなものをC級二人で倒そうだと？　無茶を言うにも限度があるぜ？」

ゲオルグがそう反論するが、レインズはこれに、

「確かに普通のC級二人ならそうかもしれねぇさ。だがな、俺とお前がいりゃ、なんとかなる。そんな気がするんだよ」

「自惚《うぬぼ》れんなよ。確かに、無理ではないかもしれねぇ。運が良ければ倒せるかもしれねぇ。だがな、それはあくまで〝かも〟だ。確率の低い賭けに出るには少しばかり確信が足りねぇんじゃねぇか？」

もちろん、冒険者という仕事はどんなに簡単なものでも、常に死の危険が付きまとう。

A級まで上り詰めた腕利きが、D級でも余裕でこなせそうな依頼に出て帰らぬ人になることもある世界だ。

しかし、それはあくまで稀な話。

自分の実力を正確に理解していれば、どの程度のことが出来るのか、大まかなことは理解できるものだ。

そして、三つ首飛竜の討伐、などというものはゲオルグとレインズの二人には荷が重い仕事になる。

「……やめておいた方がいい。レインズ。ただ、もうどうしてもやるってんなら……街で他の腕利きを募ろう。B級を引き込め、とは言わねぇが、C級のパーティーがあと二つもあれば何とかなる。俺とお前が呼びかけりゃ、それくらいは……」

集まる、と言おうと思った。

実際、それで何とかなる話だ。

ゲオルグとレインズがこの街で築いてきた信頼は薄くなく、C級パーティー二つくらいなら冒険者組合《ギルド》で三日も粘れば普通に集まるだろうからだ。

しかしレインズは、

「それじゃ、ダメなんだよ。今日、これから行かねぇと……！」

と、いつも飄々《ひょうひょう》とした表情を浮かべている彼にしては珍しい、焦りの混じった顔で呟く。

これは、よっぽどの理由があるのだろうが……。

聞いたら答えるのだろうか？

たぶん無理そうだとは思うが、一応……。

「……なんでそんな焦ってるんだよ？　理由を言え、理由を」

「う、そ、それは……」

「言えねぇことなのか？　じゃあ、この話は終わりだな。そもそも、俺はこれからアーズに行く予定だったんだ。ちょっくら出てくる。まぁ、十日は戻らねぇから、そのつもりで……」

と、玄関の方にゲオルグが向かうと、レインズはゲオルグの足に縋《すが》るようにひっついてきて、必死な様子で、

「ちょ、ちょっと待て！　俺がこんなに頼んでるんだぞ!?　温泉なんていつでも行けるだろう!?　俺たちの友情ってのはそんなに薄いもんだったのか!?　ここで俺たちの付き合いが試されるんじゃねぇのか!?」

と懇願し始めた。

本当に珍しいことだ。

レインズがここまですることは滅多にない。

前に見たのはいつか……。

だが、ないことではない。

そして、そういうときは決まって、レインズは自分のために動いてはいない。

ゲオルグは呆《あき》れた顔を浮かべ、ため息を吐きつつ、足元のレインズを見て、

「……分かったから、事情を話せ。簡単にでもいい。それとも、本当に絶対に話せない内容なのか？」

犯罪に関わったり、誰かに言うとそれだけで問題が生じたりする話なのか、という質問だった。

レインズにもそれは伝わって、彼は首を横に振った。

「そういうわけじゃねぇ……ただ、馬鹿な話だからな。気恥ずかしくてよ……」

「そんなんなら話せって」

「分かった……」

◆◇◆◇◆

昨日のことだ。

レインズは、冒険者組合《ギルド》に併設されたカフェ兼酒場で、依頼のために出る馬車の時間まで暇を潰そうと、軽い食事を取っていた。

ぼんやりと冒険者組合《ギルド》内を眺めているだけでそれなりに暇つぶしになるし、たまに面白いことが起こることもある。

知り合いがどういうときにどういう依頼に出ているのかも確認できるし、そういうことが分かっていると後々、臨時パーティーを募るときにも楽だ。

観察もいい冒険者には重要な仕事、というわけだ。

そんな彼の目が今日、捉えたのは、一人の少年だった。

彼は落ち込んだ様子で冒険者組合《ギルド》に入ってきて、受付に行き、依頼をし始めたのだ。

少年、と言ってもあと一年もすれば冒険者組合《ギルド》に登録できそうなくらい……つまりは十三、四歳ぐらいで、身のこなしもそれを念頭に置いて修行しているように見える。

腕は年相応という感じだが、駆け出し冒険者になるにはすでに十分だなという感じだった。

そんな彼がどんな依頼をしようとしているのか気になって、レインズは耳を澄ませた……。

「親父《おやじ》が……親父が戻ってこないんだ。三日前に三つ首飛竜の巣に行ったっきり……捜しに行ってほしくて……」

少年の言葉に、受付の女性が言う。

「貴方《あなた》は……この間、王都から呼ばれてきた一家の……確かカロルって言ったわね。お父さんっていうと……」

少年の顔ですぐに誰か分かったようだ。

さらに、女性は受付に存在する記録魔道具を操作し、彼の父親について調べ始める。

「あぁ、あったわ。お父さん……ゴズは確かに三日前に、ムートロ山の三つ首飛竜の巣に行ってるけど……依頼は偵察ね。期日は……昨日まで、か。これは……」

レインズは聞きながら思う。

そういうことなら、すでに命はないのだろうな、と。

冒険者は期日は守る。

特に偵察系の任務はそれが厳しいことで知られており、守れなければ報酬がないどころか罰金まで取られる場合もあるからだ。

にもかかわらず戻ってこない、というのは戻ってこられない事情があるということである。

受付の女性はそれを察したわけだ。

そして、何と言えばいいのか分からなくなっている。

相手が冒険者ならともかく、それを目指していそうとは言え、ただの子供相手だ。

言葉に迷うだろう。

しかし少年の方は立派だった。

「……分かってる。たぶん、もう生きてはいないんだろうなって……」

「そんな……まだ分からないわ」

「ううん。いいんだ……いや、良くはないけど、冒険者はそういうものだっていつも、親父は言ってた。だから……覚悟は出来てるよ」

「……そう。でも、だったらどうして……」

「はっきりさせたいんだ。そういうことなら、そういうことだって……。それに親父は値打ち物の魔剣を持ってたからさ。形見に……せめてそれだけでもって。でも俺じゃ、三つ首飛竜なんて……」

「そういうこと……分かったわ。依頼を受理します。この内容なら、報酬が低額でも受ける人はいると思う」

女性の台詞は、これから稼ぎ頭がいなくなる少年の家庭のことを思っての言葉だっただろうが、少年は、

「いや、ちゃんと正規の値段を払うよ。母さんにも相談したから……本人は落ち込んでここまで来られなかったけどさ」

そう言って、重い音を立てる革袋を置いた。

女性はそれを受け取り、中身を数えて、

「……確かに。依頼が完遂されたらすぐに伝えるわ。ただ、最悪な事態は覚悟しておいて。何も見つからないこともあるから」

それが少なくないことを女性は知っていたのだろう。

これに少年も頷《うなず》き、

「分かってるよ。俺だって、冒険者を目指してるんだからさ。じゃあ、お願いします」

そう言って、冒険者組合《ギルド》を後にした。

その後、レインズがしばらく見ていると、先ほどの少年の依頼を他の都市から流れてきたB級冒険者をトップにするパーティーが受けていたので安心して冒険者組合《ギルド》を出た。

こうやって、善意のやり取りが行われている様子は見ていて心地いい。

そう思いながら。

◆◇◆◇◆

「……あ？　なんだよ、問題ねぇじゃねぇか。そのパーティーに任せておけば」

ゲオルグはそこまで聞いて首を傾《かし》げながらそう言った。

これにレインズは、

「まぁ、普通に考えたらそうなんだがよ。この話には裏があるんだよ……」

◆◇◆◇◆

依頼を終えて、さぁ、酒でも一杯ひっかけたら帰って気分よく寝よう、と大衆酒場へ入ったレインズである。

酒と肴《さかな》を食べながら、そろそろ終わりにしておくか、と会計に立とうとしたとき、ふと耳に聞き覚えのある声が入ってきた。

「……三つ首飛竜ねぇ。トーラスの旦那。大丈夫なんですかい？　そもそも、なんであんな依頼受けたのか俺には分かりかねますぜ」

それは、朝、カロル、と呼ばれていた少年の依頼を受けたパーティーのメンバーの声だった。

ちらりと横目で見れば、やはり全員がそのパーティーである。

全部で四人いて、見かけで判断するのは申し訳ないがなんとなく山賊っぽい雰囲気だ。

とは言え、あんな依頼を快く受けるのだから、ゲオルグと同じように見た目と中身が符合しないタイプなのだろう、と思ったのだが、次の瞬間、パーティーのリーダーと思《おぼ》しき男が口にした台詞で、それが思い違いであることに気づく。

ひっそりと言われたその台詞だが、レインズはすぐ後ろの席にいたのではっきりと聞こえた。聞こえてしまった。

「ジャック。聞いてなかったのか？　あのガキの親父は魔剣を持ってたんだぜ。拾ってきて売ればいい金になるだろうが。俺たちのもんにしてもいいし……そもそも三つ首飛竜って奴《やつ》は、金品を集める習性があるタイプの飛竜種だからな。倒せばたんまり儲《もう》かるぜぇ」

その言葉に、周囲のパーティーメンバーは感心したように、トーラスの旦那は凄《すげ》ぇ、と言って賞賛していた。

聞きながらレインズは思う。

（……こんな酒場でそんな話をしてしまうのはあんまり賢いとは思えないけどな）

と。

なにせ、誰がどんな心持でその話を聞いているのか分からないのだから。

レインズはすぐに席を立ち、会計を終えて家に戻り、明日の戦いのために武具や薬品の準備を念入りにし始めた。

朝一番にゲオルグを訪ねるとも決めて。

◆◇◆◇◆

「よし、レインズ。行くぞ。幸い、旅支度はしっかりしてる。すぐにでも出られる」

すべてを聞き終え、そう言って立ち上がったゲオルグに一瞬あっけにとられるレインズ。

しかしすぐにくつくつと笑いが込み上げてきて、ゲオルグに言った。

「話が早いねぇ……。あぁ、お前ってそういう奴だよな。よっしゃ、行くぜ、ゲオルグ！　三つ首飛竜退治だ！」

「おう！」

◆◇◆◇◆

ムートロ山、山頂。

そこに《三つ首飛竜》の巣が存在している。

そして今、ゲオルグとレインズの視線の先に三つ首飛竜の姿が見えていた。

これから戦いを挑むのだ。

あの話の後、即座に街を出たゲオルグとレインズが、可能な限り最速でここまで急いだ結果だ。

いつトーラスのパーティーがやってくるか分からないので、出来るだけ早く来る必要があったためだ。

加えて、今回のゲオルグとレインズの行為は厳密に言えば依頼の横取りに当たる。

本来、冒険者組合《ギルド》では許されたことではないが、それはあくまで依頼を先にやってきた、と言って冒険者組合《ギルド》に報酬を求めた場合だ。

ただの善意で魔物を倒す分には自由な行為であるのは当然である。

とは言え、あまりにも悪意があると判断されればその限りではないが、幸いと言うべきか、アインズニールにおいて、ゲオルグとレインズについては、思いつきでおかしな魔物を狩りに行くことはままあることと認識されている。

ゲオルグの細工のための素材集めとか、レインズの気まぐれとかでだ。

そう言い張ればそこまでは咎《とが》められないという計算があった。

もちろん、昨日レインズが酒場で聞いた話を冒険者組合《ギルド》で暴露する方法もあるが、それをやると証拠の問題があるし、B級と真正面から言い合って、じゃあ決闘だ、なんてことになっても困る。

ささっとたまたま狩りを終わらせた、というのが一番話の収まりが良いだろうと、そういうことだった。

「……とはいえ、馬鹿なことしてるよな、俺たち」

ゲオルグが山頂を見上げながら言うと、レインズも応じる。

「馬鹿じゃなきゃ、冒険者なんてやれねぇもんさ」

「違いねぇ！」

ゲオルグが頷くと同時に、山頂からゲオルグたちを見下ろしていた三つ首飛竜が、空中に身を躍らせるべく、その巨大な翼を広げた。

通常の飛竜よりも三倍ほどある体長。概《おおむ》ね、十メートルを超えているだろう。

当たり前だが、三つ首飛竜は空を飛ぶ。

そんなものをどうやって倒せというのか、という話になってくるが、そこには方法があるのだ。

ゲオルグとレインズは、三つ首飛竜が飛ぼうとしたその瞬間を狙って、手のひら大のボールに魔力を込め、思い切りその足元に投げつけた。

すると、そのボールは爆発するように弾《はじ》け、何かを三つ首飛竜の足元に撒《ま》き散らす。

三つ首飛竜からして見ると、一体何が起こったのか、と思っただろう。

そしてその結果は、すぐに分かる。

再度、飛竜は空を飛ぼうとするのだが、なぜか、それが出来ないのだ。

見てみれば、その足には何やら粘々とした粘液がへばりついていて、飛竜と山頂を離れがたく接着していた。

「……成功だな。行くぜ、レインズ！」

「こんなにうまくいくとは……流石《さすが》だな、ゲオルグ」

二人はそんなことを言いながら飛竜に飛び掛かった。

あの粘液入りボールは、ゲオルグが作り出したもの。

小型の飛竜を捕らえるためのそれを、さらに強力にしたものだ。

昔、飛竜の群れをまとめて捕らえられないかと試しに作ったものだったが、そこまで広範囲に広がらず、しかし接着力だけ無駄に強くなり、目的のために使えずにずっと拡張袋《ヘルフ・ポーチ》の中に放置していたものである。

それが今、役に立ったわけだ。

人生、何が幸いするのか分からないものである。

これで、飛竜の動きは封じた。

後はその首すべてを切り落とすだけ……。

そう思ったものの、やはり場合によってはA級並み、と言われる魔物は簡単ではない。

近づいたゲオルグとレインズに異なる首を差し向け、襲い掛かってきた。

二人はその首を避けるので精いっぱいになり、中々攻撃に移れなくなってしまう。

「……くそっ！　〝飛〟竜なんだから地べたじゃじっとしていやがれ！」

レインズが悪態をつくが、どうにかなるものでもない。

さらに、飛竜の口が突然ぱかりと開き、そこから炎が噴き出された。

慌てて転がるように避けるレインズ。

炎自体はなんとか避けられたが、少し鎧《よろい》が焦げた。

さらに、立ち上がろうとするも、上から飛竜の首が突っ込んでくるのが見える。

頭突きだ。

レインズはさらに転がって避けようと考えるが、間に合うかどうかギリギリだ……。

そして、飛竜の首がレインズに噛《か》みつく直前、
ガキィン！

という音と共に、それが弾かれる。

ゲオルグか、と一瞬思うも、彼もまた他の飛竜の首への対応で精いっぱいだ。

では誰が……。

そう思って立ち上がって足を動かしながら周囲を見ると、飛竜の足元に影があるのが見えた。

ゲオルグ手製の粘液ボールの被害を受けていない辺りにである。

「……誰か、いる……？」

その影は、三つ首飛竜の首すべての注意がゲオルグとレインズに集まった一瞬を見て、そこから飛び出してきた。

出てきて分かったが、やはりそれは人である。

「……あ、あんたは!?」

「……私はゴズと言います。でも今はそんなことはどうでもいい。とにかく、こいつを倒しましょう！」

そう言って、紫色に輝く剣を持ち、その男は地面を蹴った。

その動きは速く、今のレインズやゲオルグの比ではない。

次々に飛竜に傷を負わせていった。

ゲオルグとレインズは彼の作った隙を利用し、それぞれ一つずつ飛竜の首を切り落とすことに成功し、そしてついに……。

――ゴゴォン！

という音と共に、三つ首飛竜は倒れたのだった。

「か、勝った……ゲオルグ、無事か……？」

「あぁ、何とかなったみたいだな……レインズ……」

疲労困憊《ひろうこんぱい》で座り込む二人だったが、そんな二人に、

「二人とも。申し訳ないですが、今すぐ山を下りましょう」

「え？　なんでだ？」

「いいから、早く！」

男のあまりの剣幕に、ゲオルグもレインズも断る機会を逸し、一緒に急いで山を下りた。

それから、少しの間、山の裾野にある森に隠れて山頂を観察していると……。

「……うっわ。もう一匹いやがったのか。しかもでけぇ……」

ゲオルグがうんざりした顔でそう言う。

「そういうことですね。たぶん、あっちが親でしょう……二十メートルはありそうです」

ゴズ、と名乗った男がそう言った。

レインズが彼に言う。

「まぁ、あんなのがいるんじゃ、すぐに下りるよう言ってくれて助かったが……あんたはその魔剣を見るに、カロルの父親だろ？　どうしてさっさとアインズニールに戻らなかった？」

「ん？　なんです、もしかして私を捜しに来てくれたんですか？」

「あんたの息子が依頼してな……まぁ細かい事情を話すと……」

レインズは経緯をすべて語った。

ゴズは頷き、

「そんなことが……それはご迷惑をおかけしました。私は確かに偵察の依頼を受けていた者です。本来なら討伐まで出来る冒険者が来るはずだったんですが、少し時間がかかるようでね。代わりに、というかその冒険者が来るまで私がある程度偵察しておくようにと呼ばれたんです。それでしばらくは任務に励んでいたのですけど……」

ゴズの話によれば、その後、問題が生じたらしい。

三つ首飛竜は一匹かと思えば実は親子であったのだ。

さらにゴズはそれを伝えるべくアインズニールに戻ろうとしたら親の方に捕まってしまい、巣まで運ばれた。

食われるか、と思ったがどうやら子供のおもちゃとして巣に運ばれたらしく、食われずに済み、今日までなんとか生き残ることが出来たらしい。

とは言え、あと三日もすれば衰弱して死んでいただろうとのことだ。

巣から逃げようとしてもあの三つ首のいずれかに捕らわれてしまい、八方ふさがりでもあったという。

今回、ゲオルグとレインズが気を逸《そ》らしてくれたためになんとか逃げることに成功したということだ。

二人の腕を見て、三人でなら倒せる、というか、倒さないとおそらく逃げられないと考え、共闘することに決めたと言う。

親がいつ戻ってくるかが勝負だったと言うが、その賭けに勝ったのは言うまでもない。

かなり危ない橋を渡っていたと理解し、ゲオルグとレインズは今更ながらぞっとした。

そんな二人にゴズが、改まったように背筋を伸ばして言う。

「ま、一匹は倒しましたし、親の方はこれから王都から来るA級に任せましょう。貴方たちの依頼横取りの件も、私の方からうまく報告しておきますので、ご心配なさらずに。そして……息子のために、私のためにこんな賭けに出てくださって……本当にありがとうございました」

二人は少し気恥ずかしくなったが、結果的になんとか最善のものを得られたことに安堵《あんど》し、ゴズに対して深く頷いたのだった。

◆◇◆◇◆

「そんで、あの親子は王都に帰ったのか」

ゲオルグが自宅で酒杯を傾けながらレインズに尋ねた。

「あぁ。昨日会ったよ。お前は依頼でいなかったから、よろしく言っておいてくれって話だった」

「〝トーラスの旦那〟の方は？」

「こっぴどく冒険者組合長《ギルドマスター》に叱られたみたいだな。もともと素行も怪しかったらしい。ゴズと俺たちの報告が全面的に信用されたのはそのせいだな。だけどあれでも人望はそこそこあるみたいだし、ならず者まがいの奴らを適度にまとめるのはうまいんだと。少し降格させて王都で叩《たた》き直すが、冒険者組合《ギルド》から追い出すことはしないってよ」

「甘いんだか厳しいんだか分からん処分だが……まぁいいのか。誰も死ななかったわけだし」

「たまたまそうなっただけだがなぁ……」

しみじみ言うレインズに、ゲオルグは胡乱《うろん》な目つきで、

「おい、今回の騒動、そもそもなんでこんなことになったのか、誰のせいなのか分かってるんだろうな？」

「お、おう……悪かった、悪かったって！　もうこんなことはしねぇよ……」

謝るレインズに、ゲオルグは首を横に振った。

「違ぇぞ」

「え？」

「言うならもっと早く言えってこった。そうすりゃ、もっと色々出来たこともあったはずだからな。

何か魔道具作ったり、よ」

「ゲオルグ……お前って奴ぁ……！　やっぱり俺の親友だぜ！」

そう言って抱き着くレインズに、ゲオルグは、

「お、お前っ！　やめろ！　気色悪い！」

しかし、レインズは一向に離れず、

「今日は飲むぜ！　俺の奢《おご》りだぁ！」

そんなことを叫んだ。

それに対し、ゲオルグは、

「……ここは俺の家で、お前が呑《の》んでるのは俺が買った酒なんだがな……」

と呆れた声で呟いたが、レインズの酔った耳には全く届いていないのだった。

あとがき

はじめましての方ははじめまして。

そうでない方はお久しぶりです。

いつもお世話になっております。丘野《おかの》優《ゆう》です。

そして、こうして『噛《か》ませ犬な中年冒険者は今日も頑張って生きてます。1』を出版することが出来、また手に取っていただくことが出来、感無量です。

この作品を書き始めたのは大分前で、こうして本に出来る機会があるとは思っていなかったのですが、こうして実際に本にすることが出来、またしていただけて大変うれしく思っております。

この作品を書き始めたきっかけは、様々な物語において、主人公が荒くれ者の集団を訪ねたとき、必ずと言っていいほど現れ、絡んでくる《噛ませ犬》という存在にスポットライトを当てたら面白いのではないかと思ったことです。

というのは、大半の物語において、彼らはただ絡み、叩《たた》きのめされてフェードアウトしていきますが、しかし当然彼らには彼らの人生があり、そしてそのように一種の捻《ひね》くれた感情を持つに至るまでには深い葛藤もあっただろうということが推測できるからです。

そこを掘り下げていけば、何かしらの物語が出来る……ような気がして、書き始めました。

実際のところどうなったかと言えば、それはこの作品を読んでいただけると分かることだとは思いますが、当初考えていた展開とは違ったものになっていったことは間違いないです。

キャラクターが勝手に動き出す、と色々な人がよく言いますが、私の場合はそういったことを感じたことがありません。

あくまでもキャラクターは作家が動かすものだと思っているからです。

ただ、一つ一つ動かしていった結果、進む方向がある程度定まってしまって、そうとしか動かせない、というときがあることはあります。

それをもって勝手に動き出す、というのならそうなのかも、とこの作品を書きながら思いました。

本来動かそうとした方向に動かず、こうとしか動かせない方に進めていき、出来上がったのがこの物語です。

これからもきっと、この作品はそういう書き方になるのだろうな、と感じております。

ただ、それは決して窮屈なことではなく、むしろ筆が進みやすく、自然な物語が構築されていく感覚です。

読者の皆さんにも、そんな風にゲオルグ達が走っていく先を最後まで見ていただければいいな、と思います。

それでは、出来ることならまた、次巻で。

もしくは、この作品と同時発売する『望まぬ不死の冒険者5』を手に取っていただけるとありがたいです。

どうぞこれからも、丘野優と『噛ませ犬な中年冒険者は今日も頑張って生きてます。』『望まぬ不死の冒険者』をよろしくお願いします。

噛ませ犬な中年冒険者は今日も頑張って生きてます。1

発行　2019年5月25日　初版第一刷発行

著者　丘野 優
イラスト　市丸きすけ
発行者　永田勝治
発行所　株式会社オーバーラップ
〒141-0031
東京都品川区西五反田7-9-5
校正・DTP　株式会社鷗来堂
印刷・製本　大日本印刷株式会社

ISBN　978-4-86554-496-1 C0093

【オーバーラップ　カスタマーサポート】
電　話　03-6219-0850
受付時間　10時～18時（土日祝日をのぞく）

作品のご感想、ファンレターをお待ちしています

あて先：〒141-0031　東京都品川区西五反田7-9-5 SGテラス5階　オーバーラップ編集部
「丘野 優」先生係／「市丸きすけ」先生係

スマホ、PCからWEBアンケートにご協力ください

アンケートにご協力いただいた方には、下記スペシャルコンテンツをプレゼントします。
★本書イラストの「無料壁紙」　★毎月10名様に抽選で「図書カード（1000円分）」

公式HPもしくは左記の二次元バーコードまたはURLよりアクセスしてください。
▶ **http://over-lap.co.jp/865544961**
※スマートフォンとPCからのアクセスにのみ対応しております。
※サイトへのアクセスや登録時に発生する通信費等はご負担ください。

オーバーラップノベルス公式HP ▶ **http://over-lap.co.jp/novels/**